미시감:

평소 익숙했던 것들이 갑자기 생소하게 느껴지는 현상

미시감: 낯선사랑

심수현 소설

바닥에 앉아 소파에 등을 기대고 하품하다가 웃음을 터뜨렸다. 소파도 나도 용도에 맞지 않게 쓰이고 있었다. 걸터앉는 소파는 등받이가 됐고 사랑하려고 태어난 윤수아는 사랑을 찾는 이방인이 됐다.
햇빛이 창문 안으로 쏟아졌다. 창문 모양으로 반듯하게 조각난 햇빛이 바닥에 들러붙었다. 나는 무릎을 꿇은 채 햇빛이 지어낸 창문을 향해 기어갔다. 팔을 내밀자 따스한 햇볕이 묻었다.
"예쁘긴 하다."
 혼잣말하며 팔을 내려다봤다. 그림자가 내려앉은 부분을 뺀 모든 곳이 반짝거렸다.
햇빛은 시각을 속여 이성을 마비시키면서도 한줄기 위안을 줬다. 팔을 햇빛에 넣으면 피부에 접촉하는 물체가 없어도 보드랍고 매끈한 감촉이 느껴졌다. 감촉을 느끼는 순간 사랑이 자연스레 연상됐다. 사랑도 실체가 없는 신기루 같지만, 때로는 뺨에 닿은 듯 선연하게 느껴질 때가 있었다. 햇빛과 사랑은 동일한 속성을 드러냄으로써 존재를 증명했다.
불현듯 고독해져서 무릎을 세우고 얼굴을 파묻었다. 상상력을 동원하지 않아도 되는, 명백한 증거가 되는, 사람이 필요했다. 숨소리를 내고 온기를 퍼뜨리는 사람이 옆에 있다면 고독은 잠에서 깰 때 잊히는 꿈처럼 단숨에 사라질 텐데.

*

"수아야, 결혼하자."
야외 주차장으로 가는 길에 성훈이 두고 간 물건을 돌려달라고 요구하듯 말했다. 윤기가 흐르는 캐시미어 코트 안주머니에서 티파니 블루 색 반지 케이스가 나왔다.
프러포즈 받는 날을 얼마나 기다려왔던가. 여러 가지 감정이 가슴을 휘저었다. 나는 감정이 시키는 대로 말하지 않으려고 시선을 돌렸다. 길거리는 프러포즈보다 현실성이 옅었다. 불이 꺼진 고층 빌딩은 영혼이 빠져나간 육체처럼 스산했다. 도로는 주말을 맞이한 사람들이 세종을 떠나서 텅 비어있었다.
"널 만났을 때 연애하기 좋은 상대라고 생각했어. 젊은 여자가 들이대는 특권 의식이 없었거든. 결혼해서 팔자 고칠 기회 따윈 없다는 걸 알아서 마음에 더 들었고. 근데 연애하니까 생각이 바뀌더라. 넌 결혼하기 좋은 여자야."
"오빠. 나 결혼 생각 없는 거 알잖아."
"내가 보증할게. 생각은 바뀌는 법이야. 나도 너랑 결혼하고 싶어질지 몰랐어. 나랑 하는 결혼은 네가 생각하는 것과 다를 거야. 너도 그걸 아니까 거절하지 못하는 거 아니야?"

"오빠는 말이 귀한 걸 알아서 해야 할 말만 하지. 그래서 무서워. 오빠가 하지 않은 말이 나를 아프게 할까 봐."
"하지 않아도 될 말을 꺼내지 않은 적은 있어도 숨긴 적은 없어. 생각할 시간 필요하지? 사흘 후에 반지 받으러 와."
성훈은 반지 케이스를 코트 주머니에 넣고 혼자 주차장으로 향했다. 잠시 후 성훈이 운전하는 자동차가 나를 스쳐 지나갔다.

창문을 열고 나가지 않아서 오피스텔에 먼지 냄새가 가라앉았다. 현관과 거실을 차지한 플라스틱 상자를 피해 걸어가 창문을 열었다. 겨울바람이 집 안으로 들어와 머리카락을 헝클어뜨렸다.

식탁에 앉아 쓰다 만 편지에 볼펜을 올렸다. 당신이 저지른 비리를 안다. 고발할 생각은 없다. 마찬가지로 결혼할 생각도 없다. 나는 상처 받았고 당신이 없는 곳에서 요양할 생각이다. 부디 나를 찾지 마라.

편지를 다 쓰고 볼펜을 거칠게 내려놨다. 증발하기 전날에 프러포즈 받은 것이 공교로워서 신경질이 들끓었다.

"배은망덕한 인간."

교양을 중시하는 성훈 때문에 언어습관을 고쳐서 이상한 말이 튀어나왔다.

악행도 능력이기에 비리는 이별 사유가 아니었다. 용납이 안 되는 것은 재앙의 전조가 될 어설픔이었다. 내가 낌새를 눈치채고 조사하자 비리가 들통났다. 가까운 사람도 속이지 못하는데 작정하고 추적하는 전문가는 어떻게 막겠는가. 성훈은 처음 만난 사람에게 인사하기 전에 자기 직업과 배경을 암시했다. 이런 부류는 권위를 자랑하려고 높게 날지만 추락한 뒤에는 재기하지 못할 가능성이 컸다.

프러포즈를 받으려고 내가 한 짓들이 머리에 스쳤다. 성훈을 등쳐먹는 소꿉친구를 쫓아내고 마마보이 아들을 바라는 성훈 어머니의 입을 막았다. 세종에 내려와서는 성훈의 뒷바라지를 하고 괴상한 성벽까지 받아줬다. 이 년 동안 수고를 들였는데 남은 것은 파란색 이사 박스뿐이었다.

편지 봉투를 풀로 붙였다. 재경직을 수석으로 합격한 공무원이자 남편에 가장 근접했던 강성훈이 누구와도 대체되는 삼인칭 '그'가 됐다. 모든 연애의 끝이 그렇듯이.

*

아버지에게 물려받은 주택의 임대차 계약이 끝났다. 외국계 기업 임원인 프랑스인이 계약을 연장하자는 의사를 밝혔지만 거절했다. 내가 집에 들어가기로 했기 때문이었다.

돈 걱정이 없어서 귀가를 결정하기가 수월했다. 매달 받은 월세 대부분을 저축해서 결혼자금이 넉넉한데다가, 미국 출판사가 동화책 판권을 구입하며 일 년은 놀아도 괜찮은 금액을 선인세로 줬다.

귀가를 결정한 가장 큰 이유는 현실과 동떨어져 있었다. 집에 대해 고민하자 반쯤 포기한 목표가 떠올랐다. 나는 아버지가 그랬듯 집에 딸린 정원에서 결혼식을 올리고 서른에 아이를 낳고 싶었다. 내 나이가 어느덧 스물여덟이 됐다. 일 년 안에 연애와 결혼을 마치고 내년 초에는 임신해야 목표를 달성할 수 있었다. 갈망은 암과 같은 난치병이었다. 망각에 파묻혀 사라진 줄 알았는데 기어이 재발했다.

목표를 이루려고 천장과 벽을 호두나무 내장재로 마감한 집으로 돌아왔다. 팔 년 만에 돌아온 집은 촌스러웠지만 예스러운 멋이 있었다. 나는 집에 뿌리를 내리고 살 사람처럼 가구와 식기를 풍성하게 사들였다.

*

새벽 세 시 반. 가로등 불만 켜진 어두운 길을 산책 겸 걸었다. 이사한 뒤 새벽 세 시에 일어나 오후 다섯 시에 저녁을 먹고 여덟 시에 자는 생활을 반복했다.

'보통 사람과 같은 시간에 살면 보통 사람과 같은 생각만 한다.' 존경하는 어머니가 하신 말씀이었다.

서초동 주택가는 나이 든 흔적만 빼면 아버지와 살던 시절의 모습 그대로였다. 페인트가 벗겨진 담벼락이 길게 이어지고 담벼락 위로 커다란 나무가 솟아 있었다. 나무 사이로 보이는 대형 주택은 창문과 지붕이 낡아서 웅장한 크기에 비해 초라했다.

늙은 동네를 구경하다 한숨을 쉬었다. 보통 사람과 동떨어진 시간에 살아도 성훈에게 맞춰진 냉소적인 윤수아가 지워지지 않았다. 새 남편 후보를 만나려면 자아를 유연한 형태로 바꿔야 하는데 변화가 미미했다. 나이를 먹을수록 자아를 초기화하는 시간이 길어졌다.

어차피 마음대로 못사는 세상에서 자아는 짓궂은 농담 같다고 생각하다 고개를 저었다. 불가결한 것은 인간에게 고통을 준다. 산소는 노화를 일으키고 사랑은 해소되지 않는 갈증을 나게 한다. 그렇다고 고통을 제거하면 생명은 끝난다. 나는 생각을 바꿨다. 나를 아프게 하는 불가결한 것이 기실은 나를 떠받들어주고 있다고.
냉소적인 윤수아라면 하지 않을 생각이었다. 자아는 느리긴 해도 착실하게 부드러워지고 있었다.

*

겨우내 입은 패딩을 세탁소에 맡기고 얇은 외투를 꺼내는 환절기가 됐을 때 나는 어정쩡한 계절에도 군말이 없는 윤수아를 맞이했다. 겨울 향기가 남은 초봄은 날마다 녹아내렸다.

자아 초기화가 끝난 날에 대학생 때 친하게 지낸 언니에게 상경 소식을 알렸다. 언니는 반가워하며 토요일에 열리는 파티에 나를 초대했다. 나는 초대를 받아들였다. 언니는 괜찮은 남자가 모이는 곳에서만 놀았다.

"대학교 후배야. 학교 다닐 때부터 따라다니더니 지금도 그러네."

클럽 앞에서 만난 언니가 자기 친구에게 말했다. 언니는 서른이 돼도 동성에게 받는 인정을 트로피로 삼았다. 나는 고개를 숙였다. 내가 존경을 주는 대신 언니는 자리를 마련했다. 관계가 지속되는 비결은 깔끔한 거래였다.

스피커에서 시끄러운 일렉트로닉 음악이 흘러나왔다. 베이스 소리가 울릴 때마다 온몸이 진동했다. 조명 장치에서 나오는 빛이 클럽 안을 휩쓸었다. 빛은 시시각각 화려한 색으로 변하며 춤추는 사람들의 실루엣을 밝혔다.

바 테이블에 앉아 남자를 둘러보며 목을 만졌다. 나도 모르게 목덜

미에 자꾸 손이 갔다. 자아를 누그러뜨릴 겸 세종에서 겪은 실패도 잊을 겸 머리카락을 짧게 잘랐다. 머리카락이 덮지 않는 목이 어색했다.

한 남자가 옆자리에 앉았다. 앙상하게 말랐지만 어깨가 넓고 손가락이 굵은 남자였다. 마치 겨울을 버티느라 홀쭉해진 짐승 같았다.

"혼자 왔어요?"

남자가 내 시선을 알아채고 말했다. 큰 소리로 말하는데도 음악 소리 때문에 잘 들리지 않았다.

"아는 선배가 초대해줘서 혼자 왔어요. 몇 년 만에 서울로 돌아와서 새 친구를 사귀고 싶었거든요."

"저는 아는 형이랑 왔어요. 금요일 밤에 집에 혼자 있기 싫어서."

우리는 종이컵 전화기를 가지고 노는 아이처럼 대화했다. 상대가 소리치면 말을 놓치지 않으려고 귀를 곤두세웠다.

"실수했네요. 사람 만나려고 왔는데 여기는 사람이 적어요."

내 말을 들은 남자가 고개를 갸웃했다.

"여기에 사람이 얼마나 많은데요."

"같이 춤을 출 수 없잖아요. 함께 모여 각자의 춤만 출 뿐이죠."

"그런 의미면 실수한 게 아닐걸요. 여기가 극단적인 건 맞지만 밖이라고 소통이 되는 건 아니니까요. 어디서 누구를 만나도 자기 말만

하기 바쁘잖아요. 사람은 사람과 이어질 수 없을지도 몰라요."
"거짓말. 사람과 사람이 이어질 수 없다면서 나와 대화하는 이유는 뭔데요?"
남자가 말을 하려고 손을 들었다가 내렸다. 손짓이 수신호라도 된 듯 음악이 멈췄다. 디제이가 마이크를 들고 잠시 후 찾아오겠다고 말했다. 스피커에서 미국 힙합이 대화를 나눌 만한 크기로 흘러나왔다. 남자는 소리가 나는 고요를 어색해하며 딴청을 피웠다.
"제 이름은 고준성이라고 해요."
준성은 갑자기 생각났다는 듯 말했다.
"윤수아요."
흥미가 떨어졌다. 준성은 어두운 조명과 시끄러운 음악에 의지해 내게 말을 했다. 나는 오만한 남자는 참아도 소심한 남자는 질색이었다.
"거기서 뭐 해?"
다른 남자가 다가와 말했다. 준성은 파티에 같이 온 현우 형이라고 남자를 소개했다.
"준성이랑 친구가 됐으면 나랑도 친구가 돼야 해요. 같이 저기로 가요."
나와 준성은 현우에게 등 떠밀려 테이블로 자리를 옮겼다. 내가 현우의 친구인 여자 모델이 떠드는 말을 듣는 동안 준성은 하품하며 나를 곁눈질했다.

"저기, 괜찮으면 같이 나갈래요?"

준성이 나에게 말했다. 적당히 맞춰줬더니 내게 호감을 느낀 것 같았다. 나는 나가서 준성을 쫓아내고 집에 돌아가기로 했다. 계단을 올라 지하를 빠져나왔다. 신선한 공기를 들이마시자 머리가 짜릿했다. 강한 자극이 마비시킨 감각이 천천히 돌아왔다.

준성은 말을 하려고 머뭇거리다 밤하늘을 올려다봤다. 보름달은 지구를 향해 다가오는 것처럼 커다랗고 밝았다. 달을 본 게 얼마 만인지 기억나지 않았다. 나는 목이 아파서 고개를 내렸다. 거리에는 외관을 화려하게 꾸며놓은 가게가 즐비했으나 바닥에는 담배꽁초와 쓰레기가 널려있었다. 문득 말을 꺼낼 자신감이 없어 하늘이나 올려다보는 남자와 허비하는 시간이 아까워졌다.

"저기, 왜 사람을 깔봐요? 사람 노는 모습 한심하다는 듯 바라봤잖아요. 아까는 사람이 말하는데 하품이나 하고."

내가 덤벼들자 준성은 눈을 동그랗게 뜨고 뒤통수를 긁적였다.

"클럽에 모인 사람은 다 철부지예요. 대다수는 부모 잘 만나 현실을 모르죠. 극소수는 어린 나이에 성공해서 돈에 취해있고요. 현실과 동떨어진 사람과 어떻게 대화하겠어요."

"외롭다는 말은 길게 돌려서 하더니 사람 욕할 때는 직설적이네요. 사람 모이는 자리에 와서 겉도는 거 유치해요. 자기를 알아봐 달라고 시위하는 꼴이잖아요. 외롭기 싫으면 솔직해지세요."

준성은 말을 더듬다가 등을 돌려 클럽으로 되돌아갔다. 공격받아도 변명을 못 하는 모습이 한심했다.

*

보통 사람들 틈에 편입한 나는 특별한 일정이 없는 한 간결한 삶을 추구했다.

오전에는 동화를 구상하고 헬스장에서 운동을 한다. 오후에는 출간하기로 계약한 에세이 원고를 쓴다. 저녁이 되면 현미밥과 닭가슴살을 먹고 공원에서 달리기를 한다. 집에 돌아온 후에는 샤워하고 얼굴에 팩을 바른다. 열한 시가 되면 눈을 감고 잔다.

간결함에는 변수가 끼어들 틈이 없었다. 짧은 문장이 잘못 읽히지 않듯. 사랑만 추구하는 삶에 다른 욕망이 자라나지 않듯.

'잘 들어갔어? 어제 줄 선물이 있었는데 깜빡했네.'

에세이를 쓰다가 언니의 문자 메시지를 받았다. 깔끔한 거래를 한 언니가 선물을 준비했다는 게 꺼림칙했다. 에세이 원고에 심각한 문제를 발견하고 글을 다시 쓰고 있어서 계획이 어긋나는 것이 싫었다. 하지만 언니는 시간을 투자할 가치가 있는 인간이었다. 나는 강남역에 있는 스타벅스에서 만나자고 답장을 보냈다.

스스로 정한 최소한의 분량만큼 원고를 쓰고 강남역에 갔다. 구름 없는 하늘이 새파랗게 빛났다. 햇빛은 지상을 감싸 안듯 드넓게 내리쬤다. 온도는 낮은데 햇빛이 포근해서 따스하다고 착각이 드는 날이었다.

"수아 씨."

나를 부른 사람은 남색 피코트를 입은 준성이었다. 나는 놀라서 뒷걸음질 쳤다.

"수아 씨 선배한테 연락해달라고 부탁했어요. 꼭 하고 싶은 말이 있는데 제가 만나자고 하면 거절하실 것 같아서요."

"이건 아니죠. 사람 놀라게 무슨 짓이에요."

"미안해요. 가만히 있으면 후회할 거라서 그랬어요."

준성이 오른팔을 떨며 목소리를 짜냈다. 긴장한 준성에게 화를 내는 게 멍청한 짓처럼 느껴졌다.

"알았으니까 그런 표정 짓지 마요. 언니랑은 어떻게 아는 사이에요?"

"어제 처음 만났어요. 클럽에서 수아 씨 아는 사람을 찾아다녔거든요."

"일일이 붙잡고 물어봤다는 거예요?"

"운이 좋아서 두 시간 만에 찾았어요."

"대체 무슨 말을 하려고요?"

"같이 있을 때 불편했지만 마음이 안정됐어요. 뭐랄까, 하늘에 둥둥 떠 있었는데 수아 씨를 만나고 발이 땅에 닿은 기분이었어요. 사람과 사람이 만나는 게 본래 그런 거겠죠. 힘들지만 좋은 거."

준성은 눈을 질끈 감은 채 말했다.

"감사하다는 말을 하고 싶었어요. 유치한 인간을 무시할 수 있을 텐데 상대해주고, 감정을 소모하며 조언해주셔서 감사합니다. 수아 씨는 상냥한 사람이에요."

내가 뭐라고 말하기 전에 준성은 뒤돌아섰다. 얼이 빠진 나는 행인들 틈으로 들어가는 뒷모습만 바라봤다. 준성의 어깨는 멀어져도 넓었다.

준성이 시야에서 사라져도 심장이 두근거렸다. 난생처음 느끼는 감각이라 가슴에 퍼지는 떨림을 해석하는 데 시간이 걸렸다. 소심하지만 용기가 있는 고준성은 남자다웠다. 나는 준성에게 반했다.

*

적의를 표출하며 싸우기는 쉽다. 마음이 가는 대로 행동하면 그만이니까. 솔직하게 자신의 허물을 인정하기는 어렵다. 변명을 대려는 본능을 거스르니까. 준성은 자신을 피식자로 착각하는 포식자였다. 준성을 상상만 해도 숨이 달아올랐다.

책상에 놓인 커피를 마시며 흥분을 진정시키고 세종에서 새긴 교훈을 떠올렸다. 건물을 세우기 전에 땅을 철저히 조사해야 했다. 노트북을 켜고 인스타그램에 들어가 현우가 술김에 알려준 계정을 검색했다. 현우와 준성이 같이 찍은 사진에서 준성이 남긴 댓글을 찾았다. 준성의 계정은 비공개였다. 페이스북에서 준성의 계정을 검색했다. 이 계정은 공개된 상태였다. 나는 준성이 전시해놓은 이력을 메모장에 기록했다. 혹시나 해서 네이버에 고준성을 검색하자 인터뷰 기사가 다섯 개 나왔다.

커피잔을 비웠을 때 준성의 신상을 파악했다. 올해 서른여섯인 준성은 경기도 광주에서 과자 공장을 운영하는 부모의 장남으로 태어났다. 중학생 무렵에 가업이 기울어지고 어머니가 사고로 돌아가셨다. 엎친 데 덮인 격으로 아버지가 심근경색으로 쓰러지기까지 했다. 준성은 신문 배달을 하며 공부해서 부산대에 입학했다. 졸업 후에는 미취학 아동을 대상으로 한 교육 회사를 차렸다. 유아교육 강의를 제공하고 학습 과정과 성적에 따라 교육 방법을 추천하는 회사였다. 비대면 학습 시대가 오자 대기업이 거금을 들여 준성의 회사를 인수했고 준성은 젊은 나이에 부자가 됐다.

준성은 이상적인 남편 후보였다. 사치에 빠지지 않는 한 부유하게 살 만큼 경제 여건이 안정적이고, 조실부모했다는 공통점을 가져서 공감대를 형성하기가 쉬웠다. 외로움을 앓으니까 나에 대한 의존성을 키우기도 편했다.

부친이 젊은 나이에 심근경색으로 쓰러졌다는 점은 마음에 걸렸다. 심근경색은 언제 가슴을 부여잡을지 모르는 무서운 질환이다. 준성이 쓰러지면 힘들게 얻은 사랑이 손가락 사이로 떨어지는 모래처럼 허무하게 사라질 것이다.

손톱을 세워서 테이블을 두드리다 준성에게 다가가기로 했다. 죽음을 이겨내려고 사랑을 찾는데 죽음이 두려워서 가슴을 떨리게 하는 남자를 놓칠 수는 없었다.

*

준성을 남편 후보로 지정한 뒤 작업실의 용도가 바뀌었다. 아이들이 읽는 허구를 쓰는 곳이 한 남자만을 위한 사실을 만드는 제작소가 됐다.
준성이 한 말과 행동을 기록한 수첩과 책상에 맞닿은 벽에 붙인, 준성의 정보가 요약된, 포스트잇을 번갈아 읽었다. 고준성이 매력을 느낄 윤수아는 어떤 여자여야 할까.
집에 가려고 화를 냈으니까 다혈질 성격은 끌어안아야 할 짐이었다. 단점을 보완할 장점을 구상해야 했다. 준성이 인정한 상냥함이 떠올랐다. 상냥해서 불의를 못 참는다는 설정을 가상의 윤수아에게 덧붙였다. 단점이 축소되고 장점은 확대됐다.
나는 설계를 마치고 휴대폰을 들었다. 빨간색 녹음 버튼을 누르자 녹음이 시작됐다.
"아. 아. 아."
목소리 크기를 조절해가며 소리를 냈다. 낮은 목소리로. 중간 목소리로. 높은 목소리로. 정지 버튼을 누르고 녹음된 목소리를 들었다. 중간보다 조금 높은 목소리가 설정한 성격에 어울렸다. 목소리 톤을 학습하려고 벽을 바라본 채 말을 반복했다.

"안녕하세요. 고마워요. 좋아해요. 당신 덕분이에요. 사랑해요. 안녕하세요. 고마워요. 좋아해요. 당신 덕분이에요."

목소리 연습을 끝내고는 거울을 바라보며 여러 가지 표정을 지었다. 눈웃음을 짓고 눈꺼풀을 내렸다. 볼을 들어 윗니만 보이게 했다가 입을 벌려 크게 웃었다. 손가락으로 얼굴 근육을 문지르거나 잡아당기자 얼굴에서 다정한 표정이 끌려 나왔다.

준성을 속일 생각은 없었다. 아니, 속일 수 없다는 말이 정확했다. 사람은 타인에 의해 규정된다. 스스로를 현명하다고 자평해도 타인이 부정하면 바보가 되는 것처럼. 나는 준성의 판단이 내가 바라는 방향으로 가기를 유도할 뿐이었다.

상냥하지만 다혈질인 윤수아를 연습할 때마다 준성이 생각났다. 밥을 먹을 때도 준성이 생각났다. 화장실에 가도 준성이 생각났다. 준성은 순환하는 계절처럼 부재하지 않는 존재가 됐다.

나는 운명 같은 사랑은 믿지 않았다. 사랑은 남의 구멍은 채울 수 있지만 본인 구멍은 채우지 못하는 두 사람이 만나 발생하는 현상이다. 각자가 자기 구멍을 채우려고 조건을 따지는 사랑을 운명이라고 하면 백화점에서 마음에 드는 옷을 사는 것도 운명이다.

하지만 준성의 이름 앞에는 운명을 갖다 붙여도 가소롭지 않았다. 가슴으로 남자다운 준성을 느끼자 운명을 믿고 싶었다. 준성이 내

첫사랑인 걸까. 처음 겪는 짝사랑일지도 모르겠다.

*

아버지를 평가하는 것은 특정 시간에만 나타나는 광경을 말로 묘사하기보다 어렵다. 나는 아버지가 어깨를 기댈만한 남자라고 생각하지 않는다. 그러나 동행자 한 명과 평생 걸어야 한다면 아버지를 택하겠다.

아버지는 소심한 사람이었다. 어머니에게 '우리 사랑은 옛적에 끝났어. 나 만나는 남자 있어.'라는 말을 들어도 화를 내지 못했다.

나는 아버지의 자살 시도를 목격했다. 중학생 때 조기 하교를 한 날이었다. 열쇠로 현관문을 열자 거실에 있는 라디오에서 이문세 노래가 나왔다. 아무도 없는 집에서 아버지가 좋아하는 이문세 노래가 나오는 것을 의아해하다 멈칫했다. 서재 방문 틈으로 아버지가 면도칼을 손목에 댄 모습이 보였다. 아버지의 얼굴은 이미 피가 다 빠져나간 듯 창백했다.

어젯밤에 만취한 어머니가 이혼하자며 불륜을 고백한 것을 엿들어서 일이 어떻게 돌아가는지 깨달았다. 아버지는 행동으로 대답을 하려고 했다. 죽을 바에는 죽이는 게 낫지 않냐고 아버지를 말리려다 그만뒀다. 어머니가 전부인 아버지에게 자살과 살인은 똑같았다. 결과가 같다면 아버지는 어머니를 챙길 사람이었다.

말 없는 작별 인사를 하고 까치발을 들어 집을 빠져나갔다. 하교 시간에 맞춰 집에 돌아왔을 때 아버지는 어머니가 좋아하는 김치찌개를 끓이고 있었다. 혼자 가시밭길을 걷는 아버지는 멋지면서도 서글펐다.

아버지를 죽인 것은 천 킬로가 넘는 쇳덩이였다. 아버지는 퇴근길에 교통사고를 당했다. 병원에 가서도 현실을 받아들일 수 없었다. 어머니에게 배신당해도 죽지 못한 아버지가 어처구니없는 사고로 죽을 위기에 처했다.

'수아야. 내 의무는 네 엄마를 사랑하는 것이었다. 생의 의미를 알았으니 죽음도 두렵지 않다.'

아버지가 의식을 회복했을 때 작은 목소리로 속삭였다. 죽음이 아른거려도 평안한 표정이었다. 그날 밤 아버지는 급성 뇌출혈로 사망했다.

아버지의 시신이 화구에 들어가는 모습을 바라보다가 겁을 먹고 말았다. 죽음은 급작스러우면서도 고요했다. 죽음이 내 곁에 다가와도 알아차리지 못할 것 같았다. 삶은 헛되고 박약했다. 아버지가 화장장에서 남긴 흔적이라고는 뼛가루와 혼자 한 사랑뿐이었다.

공포에서 나를 끄집어낸 동아줄은 아버지의 삶이었다. 나는 아버지처럼 인생을 바치는 남자와 결혼해서 내 인생을 남편에게 바치기로 했다. 사랑이 있어야 죽음을 마주해도 두려워하지 않을 테니까. 죽고 나서는 혼자 사랑을 가꾼 아버지보다 완벽한 사랑을 남길 테니까. 공포를 극복한 날부터 내 소원은 사랑이었다.

*

테니스 가방을 멘 현우가 실내 테니스장 밖으로 나왔다. 나는 재빨리 몸을 돌려 도로 쪽을 향했다. 현우의 인스타그램을 뒤져서 여러 가지 정보를 알아냈다. 매주 월요일 저녁마다 테니스 레슨을 받는 장소, 레슨을 받을 때 차를 대는 주차장 위치, 출퇴근할 때 타고 다니는 제네시스 G80 자동차 번호까지.
"현우 씨."
나는 현우가 지나갈 때 놀란 목소리로 이름을 불렀다.
"어라, 수아 씨."
"테니스 치시나 봐요. 저는 근처에서 친구 만나고 집에 가는 길이에요."
"우연히 만나니까 더 반갑네요."
호의를 드러내면서도 부담을 주지 않는 말투였다. 현우는 그릇에 음식을 담듯 간단하게 여자를 유혹할 것 같았다.
"괜찮으면 저랑 커피 한 잔 마실까요?"
현우는 허공을 응시하다가 그러자고 대답했다. 우리는 카페에서 근황을 이야기하며 잡담을 나눴다. 나는 현우가 커피잔을 입에 가져다 댔을 때 본론을 꺼냈다.

"준성이랑 연결해달라는 거네요? 미안하지만 못하겠어요. 질투 나서."

내가 당황해서 눈을 깜빡이자 현우가 손을 내저었다.

"농담이에요. 준성이는 볼 일이 있어서 광주에 갔어요. 사흘 뒤에 올라오니까 연락할게요. 대신 부탁 하나만 들어줘요. 나랑 한 번만 더 봅시다. 준성이 빼면 친구가 없어서 심심하거든요."

현우는 술에 취해서 인스타그램 아이디를 알려준 것을 기억하지 못하는 듯했다. 인스타그램에 데이트 사진과 취미를 즐기는 사진을 올리면서 거짓말을 하고 있었다. 나는 내색하지 않고 날짜를 정했다. 만남을 거절하고 준성의 휴대폰 번호를 달라고 요구하면 현우가 곧장 자리에서 일어날 거라는 예감이 들었다. 현우는 다시 만나자고 하는 연유가 궁금했다. 설마 나를 검증하려는 건가. 아니면 준성을 보호하려는 건가. 의문이 꼬리를 물었다.

"이거 사랑이 시작되는 지점인 거죠? 이 나이 먹고 오작교 노릇을 다 하네."

현우가 낄낄거리며 웃었다. 나는 유쾌한 미소에 숨어 있는 저의를 살피려고 현우와 눈을 마주쳤다. 검은 눈동자는 흔들리지 않았다.

편집자가 내가 쓴 에세이 원고를 읽고 답장을 보냈다. 원고에 빨간색 글자로 쓰인 수정 요청 사항은 내가 염려한 부분을 지적했다.
자아를 초기화하는 시기에 동화를 쓰는 윤수아라는 사람이 궁금하다는 말에 넘어간 게 잘못이었다. 미디어에 노출되지 않으려고 인터뷰도 피하며 살았는데, 마음에 드는 말을 들었다고 에세이 출판 제안을 수락해버렸다. 작가로서의 욕심이 자아가 부재한 틈에 두드러진 게 분명했다.
처음 에세이를 쓸 때는 막힘이 없었다. 내 생각을 직설적으로 표현하는 글쓰기가 즐거웠다. 말썽은 원고지가 300장쯤 쌓였을 때 나타났다. 자아를 타이어처럼 교체하는 내가 쓴 에세이는 통일성이 없었다. 한 편 한 편 따로 보면 괜찮으나 연달아 읽으면 다중 인격 환자가 쓴 글 같았다. 나는 어쩔 수 없이 사견을 말하는 척하며 뻔한 내용으로 에세이를 수정했다. 편집자는 헛수작을 간파하고 진솔한 글을 쓰라고 요구했다.
준성에게 맞춘 윤수아가 글을 쓰면 문제는 해결됐다. 하지만 해결법을 안다고 실천에 옮길 수 없었다. 인생에 악영향을 줘도 고치지 못하는 습관이 그렇듯이. 준성과 잘되지 않아 자아를 바꿔도 책은 서

점과 도서관에 남을 것이었다. 다음에 만날 남자가 상냥한 윤수아가 쓴 글을 읽는 장면을 상상만 해도 끔찍했다.

글을 쓸 자신이 없다고 이메일을 썼다. 세 시간 뒤 편집자가 답장을 보냈다. 글도 사랑을 만날 때처럼 무르익는 시간을 보내야 한다며 포기하지 말라는 내용이었다.

*

잠실에 있는 프렌치 레스토랑에서 현우와 만났다. 정장을 차려입은 현우는 잘나가는 부동산 개발업자답게 부티가 났다. 메인 요리인 오리 다리 콩피가 나왔을 때 나는 지쳤다. 현우는 수다를 떠는 척하며 끊임없이 내 속마음을 떠봤다. 나는 준성을 소유하고 싶은 욕망을 들키지 않으려고 단어 선택과 몸짓을 유의해야 했다.
"면접은 그만하죠. 준성 씨 만나고 싶다는 게 그렇게 문제예요?"
"이상하다. 다들 내가 웃으면서 말하면 농담인 줄 아는데. 티 나요? 내가 수아 씨 헤아리는 거."
현우는 처세술에 자부심을 가질 만했다. 카페에서 거짓말을 간파하지 않았다면 나도 현우를 경계하지 않았을 것이었다.
"조금요. 어울리지 않게 진지해서 이질감이 느껴져요."
"그렇구나. 아, 나이 차이가 크게 나니까 반말할게. 너도 해도 돼. 나도 이질감을 느껴. 네가 뭔가를 숨기고 준성이한테 접근하는 것 같아서. 여자는 비밀을 갖는 법이지만 못 본 척할 수가 없네."
"그냥 준성 씨 한 번 만나려고 이러는 거예요."
"이야기 대충 들었어. 클럽 밖에서 신경질 냈다며. 근데 이제는 준성이에게 관심 있다고 말하니까 어이가 없네. 변심한 원인이 뭘까. 회사를 팔아서 얻은 돈? 등쳐먹기 좋은 성격?"

현우는 입으로 내가 속물이라고 단정하지만 두 눈으로는 나를 꿰뚫어 보려고 빈틈을 살폈다. 지금이라도 준성에게 다른 식으로 접근할까 하다가 현우에게 맞서기로 했다. 사람을 안 믿는 준성이 현우와는 붙어 다녔다. 현우의 의심을 사면 준성과 결혼하는데 애로사항이 생길 게 뻔했다.

"솔직히 말하지 않으면 너와 준성이는 못 만날 거야. 내가 무슨 수를 써서라도 그렇게 만들 거니까. 진심을 말해."

말로 하는 탁구에서 현우를 이길 자신이 없었다. 나는 진심 말고 진실을 현우에게 주기로 했다. 진실이 먹히지 않을 때는 내 방식대로 처신하면 그만이었다.

"준성 씨에게 막말한 거 사과하려고요. 아니, 거짓말이다. 사과는 중요하지 않아요."

준성을 떠올리자 표정 관리가 안 됐다. 얼굴에 주름이 지고 입술이 볼까지 올라갔다. 나는 보기 흉한 미소를 지었다.

"강남에서 다시 만났다는 이야기는 못 들었죠? 그 소심한 사람이 클럽에서 나를 아는 사람을 찾아다녔더라고요. 나를 애타게 하는 남자는 처음이에요. 나 사랑에 빠졌어요. 방해하지 마세요."

현우가 입을 닫고 나를 노려보다가 휴대폰을 들었다.

"서울 도착했어? 수아 씨를 우연히 만났는데 너를 만나고 싶다고 하네. 연락처 줘도 괜찮을까?"
현우가 전화를 끊고 입술을 매만졌다.
"무례한 행동을 사과할게. 몇 년 전에 아는 여자를 준성이에게 소개해줬는데 나쁘게 끝났거든. 준성이는 큰 상처를 받았고. 같은 일을 반복할까 봐 걱정됐어."
"용케 전화를 해줬네요."
"준성이를 진심으로 사랑하는 듯해서. 하, 사랑이라니."
현우가 와인을 비우고 경멸에 가까운 냉소를 지었다. 자신을 숨긴 채 남을 떠보는데 도가 튼 현우는 진실과 진심을 구분하지 못했다. 진실은 적절한 대가를 받는다면 얼마든지 팔 수 있는 상품이고, 진심은 집에 혼자 있을 때 즐기는 기벽이다. 사람은 비판은 감내해도 수치는 견디지 못해서 진심을 공개하지 않는다.
"준성이와 만나게 되면 잘해줘. 그 착한 애가 아픈 건 부당한 일이야."
의심을 거둬 느슨해진 현우의 눈에 불투명한 액체가 굴러다녔다. 나는 냉소를 오독했다. 현우는 사랑을 경멸하지 않았다. 자신의 사랑을 경멸했다.
"준성 씨를 많이 좋아하나 봐요."

"아끼는 동생이니까."

현우가 진실과 진심을 동등하게 여기는 것은 당연했다. 한국에 사는 동성애자는 진실이든 진심이든 전부 숨기고 사니까. 준성을 사랑하는 현우는 진실과 진심의 차이를 관찰할 기회가 없었다.

나는 현우를 가지치기해야겠다고 다짐했다.

*

집에 도착해 준성에게 전화를 걸었다.
"저 윤수아예요."
인사를 해도 준성은 침묵했다. 준성이 내게 악감정을 가져도 할 말이 없었다. 나는 휴대폰을 고쳐잡고 준비한 말을 했다.
"제가 연락드려서 놀랐을 거예요."
"화가 덜 풀려서 저를 찾으신 건가요?"
"다른 이유에요. 저는—"
"—다행이다. 화가 난 게 아니면 직접 만나 이야기할 수 있을까요?"
준성은 막차를 잡으려고 달려가는 사람처럼 허겁지겁 말했다.
"그래요. 우리 조만간 만나요. 저도 물어보고 싶은 게 많아요."
준성은 호감을 거두지 않았다. 나는 준성의 매력을 엿보고 호감을 느꼈는데, 준성은 나에게 어떤 장점을 봤길래 관대하게 구는지 궁금했다. 준성도 가슴으로 나를 느꼈을 거라는 기대가 자라났다. 계기는 얼마든지 날조할 수 있다고 해도 준성과 마음이 겹치고 싶었다. 내 마음은 내리막길을 달려갈 때처럼 신나고 빠르게 준성에게 향했다.

*

이차선도로를 가운데 둔 길에 가게가 밀집한 신사동은 사람으로 북적였다. 젊은 남녀가 데이트를 즐기는 모습이 부러웠다. 나는 준성을 만나도 머리를 굴리느라 데이트에 집중하지 못할 것이었다. 능력이 부족한 나는 무언가를 잡으려면 무언가를 놓아야 했다.

인파 속에서 검은색 블레이저와 검은색 슬랙스를 입은 준성이 눈에 들어왔다. 반짝이지 않아도 눈에 들어오는 것이 있었다. 나는 녹음 버튼을 누르고 휴대폰을 주머니에 넣었다.

"안녕하세요."

인사를 건네자 준성이 묵례했다. 준성은 빳빳하게 굳은 채 어색하게 움직였다. 열 때마다 비명을 지르는 녹슨 문처럼 관절에서 소리가 날 것 같았다. 준성이 안내하는 이자카야로 따라 들어갔다. 작고 조용해서 대화하기 편한 장소였다.

"왜 만나자고 했는지 말해줄 수 있어요?"

내가 질문을 던졌다. 다급하게 나를 원하던 준성은 없고 눈만 멀뚱거리는 준성만 옆에 앉아 있었다.

"저는 준성 씨에게 반해서 연락했어요. 강남에서 만났을 때 감정을 밝힌 게 멋졌거든요. 자신을 긍정하는 강한 사람만이 단점에 솔직할 수 있으니까요. 우연히 현우 씨를 만났을 때 얼마나 기뻤는지 모를 거예요."

"아시잖아요. 저는 강한 사람이 아니에요. 외롭다는 말을 못 해서 심술을 부리고, 고맙다는 말도 제때 못하고 도망치는 겁쟁이죠."

"심지가 강한 겁쟁이네요. 지금도 단점을 긍정하잖아요. 저는 그렇게 못해요."

빈 잔에 사케를 부었다. 투명한 사케 위로 김이 올라왔다. 우리는 건배하지 않고 술을 마셨다.

"통화할 때만 해도 우리는 비슷한 마음이었던 거 같은데 준성 씨는 달라졌네요. 저와 같은 순간이 있었다면 속에 있는 말을 해줘요."

"헤어진 여자친구를 만나고 있어요. 어떤 관계라고 말하기 어렵네요. 그 친구가 나를 불러 뭔가를 시키면 나는 분부대로 해요. 춤추라면 춤추고 노래하라면 노래해요. 돈을 달라고 하면 돈도 주고요. 하지만 그 여자는 연애를 다시 시작할 생각이 없어요. 저만 미련을 가진 거예요."

몽둥이로 뒤통수를 맞은 듯한 충격을 받았다. 어지럼증을 느끼는 와중에 헤어진 여자친구는 현우가 소개한 사람일 거라는 직감이 들었다.

준성은 남편 후보 탈락이었다. 자처해서 착취당하는 준성은 오래 신은 운동화처럼 한 여자에게 길들었다. 나와 결혼한다고 해도 마음 한구석에 미련을 보관할 것이었다. 당장 돌아가서 준성을 잊고 상냥한 윤수아를 지워야 하는데 다리에 힘이 들어가지 않았다.

"만나는 사람이 있는데 저한테 왜 그랬어요? 잠깐 놀 여자를 찾았어요?"

"그건 아니에요. 저는…. 잘 모르겠어요. 내가 느끼는 감정을 확신할 수 없어요. 짧게 흔들렸다 멈추는 호감 같다가도 발에 전해진 느낌을 떠올리면 운명 같기도 해요. 혼란스러워요."

"갓난아이도 공복이 뭔지 몰라도 배가 고프면 울어요. 다 큰 어른이 감정을 모른다는 건 말이 안 돼요."

"수아 씨는 당당한 사람이라 사랑이 간단한 모양이네요. 그런데 모두가 그럴 수는 없어요. 자기 무게를 감당하지 못해서 두 발로 서는 것도 힘든 사람이 있어요."

준성은 힘이 빠진 목소리로 말을 이었다.

"저에게 사랑은 정착할 장소예요. 언제나 애타게 찾아 헤맸어요. 절실한 만큼 두렵기도 해요. 사랑을 얻으려고 사람에게 매달리는 일을 반복할까 봐. 미안해요. 무서워서 사랑을 단정할 수 없어요."

심장이 거칠게 날뛰었다. 준성은 사랑으로 장난치지 않을 사람이었다. 가슴이 준성을 잡으라고 명령했다. 나는 고개를 숙이고 주먹을 쥔 채 항명했다. 가슴은 정념에 사로잡혔다. 정념은 맑은 날에 떨어지는 고운 햇빛처럼 불변하는 현실을 감각의 환상으로 보이게끔 눈속임할 뿐이었다.

나는 고개를 치켜들자 준성이 시선을 돌렸다. 섭섭해서 나도 등을 돌리고 토라지고 싶었다. 머릿속이 새하얗게 번졌다.

"우리는 서로를 이해하지 못할 만큼 다르죠. 하지만 이해하려고 노력은 할 수 있잖아요. 시끄러운 클럽에서 어떻게든 대화하려고 애쓴 것처럼요. 서로에게 감정을 느꼈다면 가까이 가려는 시도는 해야 하지 않겠어요? 나이를 먹을 때마다 마음도 늙어요. 지금 느끼는 감정이 내 인생에서 가장 선명한 거예요."

손을 들어 준성의 손등에 올렸다. 손등은 굵은 뼈가 불거져서 딱딱했다.

"앞장서서 걷는 게 힘들면 제 뒤를 따라오세요. 당장 마음을 차지한 사람이 있다고 해도 괜찮아요. 나만 쫓아오게 할 자신이 있으니까. 당신은 나를 따라올 의지만 보여주면 돼요. 그럼 내가 먼저 멈추는 일은 없을 거예요."

*

준성은 생각을 정리하고 대답해주겠다고 했지만, 며칠이 지나도 소식이 없었다. 나는 일상을 지켜야 한다는 것을 알아도 종일 준성을 그리워했다. 의자에 앉아도 글이 나오지 않았고 운동할 기운이 생기지 않았다. 나의 모든 기능이 준성을 생각하는 데 열중했다.

소파에서 일어나 전신거울 앞에 섰다. 거울에 비친 내 모습이 새삼스러웠다. 나는 자아를 갈아 끼우기 바빠서 나 자신을 탐구하지 않았다. 그래서 준성을 버리지 않은 이유를 알 수 없었다. 충동에 사로잡힌 것만은 아니었는데. 내가 짙은 안개처럼 느껴졌다. 뚜렷하게 존재하나 안은 비어있었다.

탁자에 올려놓은 휴대폰이 울렸다. 준성이 건 전화였다. 휴대폰을 붙잡고 오 초를 센 뒤 전화를 받았다.

"…조만간 저녁 먹을까요?"

준성은 데이트 신청을 부고를 전하듯 말했다. 안 되겠다고 대답하려고 했으나 입이 떨어지지 않았다. 소심한 준성이 전화를 걸기 전에 감당했을 걱정과 고민이 느껴졌다.

손익을 따지지 않고 준성을 챙기는 마음에 놀라서 몸서리쳤다. 나는 나를 모른다. 내가 사랑을 원한다는 것만 안다. 복잡한 계산을 하며 사랑을 찾는 내가 준성에게는 진심을 다했다. 기행을 납득할 이유는 그만 찾기로 했다. 꽃이 피었는데 봄을 잡으러 다니는 건 우스웠다.

"좋은 곳에서 저녁 먹어요. 당신이 나에게 와서 얼마나 기쁜지 모를 거예요."

*

어머니는 대를 위해 소를 희생할 줄 아는 위인이었다. 존경할지언정 가까이에 두고 싶지 않은 부류였다.

십삼 년 동안 어머니는 두 번 재혼하고 이혼했다. 두 번째 남편은 서울에서 식당 다섯 개를 운영하는 사람이었다. 어머니는 두 번째 남편에게 경영법을 배우고 아버지가 차려 준 김치찌개 가게를 키웠다. 세 번째 남편은 집안에서 물려받은 빌딩 두 채를 관리하는 건물주였다. 어머니는 세 번째 남편의 인맥을 흡수하고 프랜차이즈 사업에 뛰어들었다. 근황을 들을 때마다 감탄만 나왔다. 어머니가 내린 결정에서 마성이 느껴졌다. 내 몸에 어머니의 피가 흐른다는 게 믿기지 않았다.

대학 졸업을 앞둔 겨울에 일이 생겨 어머니와 만났다. 당시에 나는 남편 후보를 선정하는 데 어려움을 겪던 터라 좋은 남자의 조건이 뭐냐고 질문했다.

'딸아, 세상에 좋은 사람은 없어. 널 사랑하는 사람만 있지. 사랑을 얻고 싶다면 달콤한 독이 되렴. 마시면 죽을 걸 알아도 뿌리치지 못하는 독. 사람은 죽는 게 무서워서 죽고 싶어 한단다. 피할 수 없는 파멸을 보여줘. 그래야 남자가 네게 미칠 거야.'

'어머니는 달콤한 독이었나요? 아버지에게도?'

'모든 남자에게 그랬단다.'

'그렇게 하다간 사랑이 빨리 끝나요. 증발하는 사랑이 무슨 의미가 있어요?'

'의미를 따지지 말고 현상을 인정해. 주관이 섞인 의미는 너에게만 가치를 가져. 아무리 예뻐도 돌은 돌이야. 중요한 건 지금 사랑을 받는다는 거란다.'

어머니는 내가 부리는 재롱을 본 듯 미소를 지었다.

'현재를 살지 않고 남은 수명에 신경 쓰는구나. 너도 보통 사람이야.'

모욕을 들어도 화가 나지 않았다. 내가 보통 사람일 리 없었다. 어머니조차 놓친 사랑을 상속받았으니까.

*

거실 창문 옆에 달린 문을 열고 정원에 들어갔다. 향긋한 봄 냄새가 코를 간질였다. 정원에는 톱니바퀴 모양 잎을 가진 잡초가 널려있었다. 담벼락 근처에 심은 소나무는 죽은 가지가 많아서 전문가를 불러야 하는 지경이었다.

정원과 문을 연결하는 짧은 계단에 앉아 햇볕을 쬈다. 전국에서 벚꽃축제가 진행되는 만큼 일광욕하기 좋은 날이었다. 따뜻한 햇볕이 나를 끌어안아 정신을 나른하게 녹였다.

눈을 감고 깔끔하게 관리된 정원을 상상했다. 소나무를 기점으로 왼편과 오른편에 만개한 꽃이 심겨 있다. 중앙에는 흰색 카펫이 놓여 소나무와 정원 출입구를 연결한다. 소나무 밑에 턱시도를 입은 준성이 서 있다.

준성아, 난 무슨 짓이든 할 거야. 너를 억압하고 강요하는 일도 포함돼. 너의 생각과 행동을 바꿀 생각이니까 나는 독재자만큼 폭력적이겠지. 나는 폭력을 싫어하지만, 생존하려면 먹어야 하는 육식처럼 불가결한 행동이야. 우리가 수확한 사랑을 유지하게 할 유일한 방법이니까. 원망하지는 마. 나는 사랑을 얻는 과정만 비밀로 남겨두고 나머지는 전부 줄 거야. 원하는 게 있으면 말하렴. 나는 네가 바라는 여자가 될 거야. 사람들이 나를 보고 피할 정도로 천박해져도 좋아. 종교인처럼 자해와 같은 금욕을 해도 좋아. 나는 네 거니까 마음대로 써. 내 사랑에 규범은 없어. 그저, 너뿐이야.
나는 보낼 수 없는 편지를 가슴에 썼다.

*

평소에 쓰지 않는 진한 온색 계열 색조 화장품을 써서 화장했다. 갈색 컬러 렌즈를 눈에 꼈다. 머리에 가발 망을 쓰고 짙은 갈색 가발을 썼다. 허벅지와 배를 덮는 몸매보정용 속옷을 입었다. 브래지어 안에는 커다란 실리콘 패드가 들어있었다. 하얀색 원피스를 입고 시트러스 향 향수를 뿌렸다.

전신거울에 나를 비췄다. 화려한 변장을 해서 눈에 띨까 염려되지는 않았다. 보통 사람은 눈을 뜨고 맹목에 빠졌다. 윤수아가 이런 모습을 할 리 없다고 믿는 사람은 나를 가까이서 봐도 정체를 알아차리지 못할 것이었다.

옷을 갈아입고 카메라 망원렌즈를 꺼냈다. 에어펌프를 눌러 먼지를 털고 천에 클리너를 묻혀 렌즈를 닦았다. 카메라를 만지다가 지우지 않은 사진을 발견했다. 성훈의 어머니가 그의 중학교 동창과 호텔에 들어가는 장면을 찍은 사진이었다. 어머니를 가지치기한 직후 급하게 증발할 준비를 하느라 사진을 삭제하지 못했다. 나는 버튼을 눌러 사진을 지웠다.

작업실에 있는 컴퓨터를 켜고 창고에서 프린터기를 들고 와 컴퓨터에 연결했다. 미리 제작한 가짜 주민등록증과 학생증을 출력한 뒤

나머지 작업을 마쳤다.

가지치기할 준비가 끝났다. 가지치기는 남편 후보와 가까운 사람을 제거하는, 사랑을 얻는 과정 중 가장 중요한, 작업이다. 보통 사람의 자아는 작가 지망생처럼 유약한 탓에 가까운 사람의 평가에 흔들린다. 따라서 준성의 곁에 얼쩡거리는 사람을 모조리 가지치기하면 준성은 내가 원하는 남자가 된다.

＊

한식 레스토랑에 들어가 준성의 이름을 댔다. 직원이 준성이 먼저 와서 기다리는 중이라고 말했다. 나는 손거울을 들어 화장을 되살피고 4인용 테이블이 있는 방으로 갔다. 방에 들어가자마자 준성이 일어나서 인사했다.

직원이 테이블에 음식을 깔았다. 김치죽에서는 자극적이지 않은 시원한 맛이 나고 모둠전은 기름 맛보다 재료 본연의 맛이 앞섰다. 흔히 먹는 음식이라 생김새는 친숙한데 맛은 낯설었다. 우리가 나누는 어색한 대화에 어울리는 음식이었다.

"재밌는 버릇이네요. 어쩌다가 그렇게 된 ㅈ예요?"

"…글쎄요. 어쩌다 그렇게 된 것 같네요. 만두 드셔보세요. 맛있네요."

준성은 질문을 넘기고 만두를 먹었다. 세 번째 대화가 끊어졌다. 내가 의도하지는 않았으나 준성은 거리 감각이 고장 나서 나를 어떻게 대해야 할지 몰라 혼란스러워했다. 소심한 준성은 두 여자를 한마음에 둔 경험이 없을 것이다. 정당하지 못한 자신의 마음을 아는 여자와 데이트한 경험은 더더욱 없을 것이고.

놓쳐서는 안 되는 기회였다. 혼란에 빠진 사람은 마음의 문을 방치

해서 자극을 분간 없이 수용했다. 내가 준성이 얻고자 하는 것을 준다면 나는 준성의 구원자가 될 것이었다.

"준성 씨."

의자를 밀고 일어나 준성에게 다가갔다. 손을 뻗어 준성의 눈을 가렸다. 손바닥에 닿은 눈꺼풀이 꿈틀거렸다.

"부끄러운 비밀을 먼저 고백해서 어떻게 행동해야 할지 막막할 거예요. 연애에도 공식이 있는데 우리는 순서 없이 뒤엉켰으니까. 내가 도와줄게요. 우리 오늘 처음 만난 걸로 해요."

나는 손을 떼고 제자리로 돌아왔다.

"자기소개해 주셔야죠. 처음 만난 거잖아요."

"어, 저는 고준성이고 나이는 서른여섯이에요. 그리고… 공적인 곳에서만 자기소개를 해서 어떻게 해야 할지 모르겠네요. 아, 제가 만든 회사를 인수한 곳에서 일하고 있긴 한데 계약이 끝나는 대로 그만두려고요. 다른 사업을 하고 싶거든요."

"저는 윤수아고 동화 작가예요. 동화 작가가 된 이유가 웃겨요. 대학생 때 제가 생각하는 사랑을 말하면 동기들이 비웃는 거예요. 그런 사랑은 동화에나 있다면서요. 그래서 사랑을 주제로 한 동화를 공모전에 제출했는데 당선된 거 있죠. 놀림 받던 제 사랑이 어떤 건지 궁금하지 않으세요? 나는 당신에게 가르쳐주고 싶은데."

준성은 맹하게 나를 보다가 손으로 입을 가렸다.

"제가 좋아하는 건 해가 지는 하늘이에요. 무서워하는 건 죽음이에요. 중학생 때 아버지가 교통사고로 돌아가셔서 트라우마가 있거든요. 내가 죽는 상상을 하며 울 때도 있어요. 아, 하나만 추가할게요. 해가 진 하늘보다 좋아지려는 게 있어요. 당신이요. 물론, 당신 행동에 따라 달라지겠지만."

"자기소개를 원래 그렇게 해요?"

"설마요. 저는 영악하거든요. 생각이 있어서 솔직하게 말한 거예요. 준성 씨의 전 여자친구가 불안을 준다면 저는 안정을 주고 싶었어요. 그래야 날 선택할 거니까. 저만 준성 씨의 비밀을 아는 건 불공평하다 싶기도 했고요."

"제 어머니도 일찍 돌아가셨어요. 집안이 힘들어져서 주부였던 어머니가 일을 나가시게 됐는데, 계단에서 발을 헛디디셨어요. 병원에 도착하기 전에 돌아가셨죠. 그래서인지 강인한 여성을 보면 끌려요. 어머니는 엄한 분이셨거든요. 수아 씨에게 감정을 느끼는 이유도 수아 씨가 강하기 때문일 거예요."

"우연의 일치네요. 저도 준성 씨가 강한 남자라서 좋은데. 오늘 고마워요. 나를 따라와 줘서. 내가 가까워지도록 허락해줘서."

준성은 마음의 문을 닫을 수가 없는지 온갖 말을 꺼냈다. 내용은 뒤

죽박죽이었다. 창업했을 때 생긴 일, 혐오하는 부류의 인간들, 대학생 때 겪은 타지 생활의 서러움 등등.

우리는 레스토랑을 나와 한 시간 넘게 걸어서 논현동에 도착했다. 준성은 말하느라 어디에 들어갈 생각을 못 했다. 하이힐을 신고 오래 걸어서 발뒤꿈치가 까졌다. 걸을 때마다 따끔했지만 티를 내지 않고 준성이 하는 말을 경청했다. 준성이 주는 것을 거절해서는 안 됐다. 사랑은 취사선택이 아니라 수용이었다.

발바닥 통증이 심해져서 빌딩 앞에 있는 벤치에 앉았다. 준성은 자기가 앉았다는 것도 모르는 얼굴로 말을 이어갔다.

어느덧 하루가 끝나가는 늦은 시간이라 하늘이 깜깜했다. 술에 취했거나 야근을 마친 직장인들이 어두운 밤을 가로질렀다. 이곳에서 여유로운 사람은 나와 준성뿐이었다.

"동생과 관계 회복을 해야 하는데 화해할 수가 없어요."

"동생이 있어요?"

"네. 남동생이요. 제가 잘못을 저질렀거든요."

준성이 마른세수를 하다가 사방을 두리번거렸다. 말을 멈추고 나서야 눈에 들어오는 정보를 인식한 것 같았다.

"수아 씨는 차가운 봄 같아요."

"차가운 봄?"

"겨울이 지나고 막 찾아온 봄이요. 춥지만 따스함이 서려 있잖아요. 수아 씨도 그래요. 단호하지만 속은 따스해요. 따스함에 취해서 속마음을 털어놓았네요. 제가 수아 씨에게 기대도 될까요?"
"물론이죠. 나만 따라와요."
우리는 집에 돌아가기로 했다. 준성이 차를 가지고 오겠다고 했으나 거절했다. 내가 어디에 사는지 알려주기는 일렀다. 휴대폰으로 택시를 불렀다. 십 분이 지났을 때 내가 부른 택시가 도착했다.
"먼저 갈게요. 다음에 또 봐요."
준성에게 인사를 하고 도로로 갔다. 앉아서 쉬는 사이 발이 부어서 다리가 절뚝거렸다. 천천히 걸어가는데 준성이 내 어깨를 붙잡았다.
"다리 저 때문에 그런 거죠? 미안해요. 말하는데 정신이 팔려서 몰랐어요. 제가 한 말은 잊어주세요. 당연한 건 없는데 당연하다고 여겼어요. 잘 걷는 사람도 오래 걸으면 아프겠죠. 당당한 사람도 앞장서기만 하면 지칠 테고요. 나도 그러면서 수아 씨는 아닐 거라고 넘겨짚었어요. 이기적이게."
"괜찮아요."
"괜찮다고 해줘서 고마워요. 저는 수아 씨와 발을 맞춰 걷고 싶어요. 당장은 어렵지만 기다려 주세요."
단단한 껍질 같은 소심함에 금이 갔다. 하마터면 준성을 잡아당겨

키스할 뻔했다. 준성의 혀가 발산하는 온도를 내 혀로 재고 싶었다. 준성에게 깔려서 압박감을 느끼고 싶었다. 나는 충동을 참으며 택시에 탔다. 준성과 처음 섹스할 때 얻을 것을 정하지 못했기 때문이었다. 참아야 하는데 입속에 침이 고였다.

*

준성이 평일에는 일이 바쁜데다 주말에는 광주에 가야 해서 이번 주는 만날 수 없다고 했다. 동생에 관한 이야기를 들어서 괜찮냐고 물으려다가 잘 다녀오라는 말만 꺼냈다. 사람마다 괜찮지 않아도 견뎌야 하는 상처가 있었다.

현우를 가지치기할 준비를 하려고 노트북을 켰다. 기분이 불쾌했다. 준성 말고 다른 인간의 사생활을 머리에 담기 싫었다. 나는 휴대폰에 저장한 준성의 사진을 보며 마음을 다잡았다.

현우는 젊은 나이에 성공한 사람치고 드물게 인터넷에 자기 PR을 하지 않았다. 동성애자라 신중한 건지 업계에서 자리 잡은 사람이라 홍보가 불필요한지는 몰라도. 현우에 대한 정보는 인스타그램에 의존해서 찾아야 했다. 현우는 일기처럼 일상을 기록하는 계정과 음식을 올리는 계정 두 개를 사용했다. 피드를 처음부터 끝까지 뒤져 현우가 들리는 장소를 엑셀에 기록했다.

정보를 분석한 결과는 특이했다. 현우는 평균 1.8일마다 게시물을 올리는데 일 년 전부터 목요일에는 인스타그램을 하지 않았다. 자격지심을 내비치지 않으려는 사람처럼 비밀을 과하게 은폐해서 수상한 점이 노출됐다. 현우는 목요일마다 동성애자로 살고 있으리라.

구글 지도를 켜서 현우가 집 근처 단골 가게라고 소개한 식당 주소를 입력했다. 카페와 우동집이 가장 멀리 떨어져 있었다. 휴대폰으로 현우의 인스타그램에 들어가 차고를 찍은 사진을 캡처하고 다시 노트북을 조작했다. 노트북 화면에 카페와 우동집 중간쯤에 있는 주택가 사진이 펼쳐졌다. 나는 마우스를 눌러가며 청회색 차고 문을 찾아다녔다.

휴대폰 화면과 모니터 화면을 번갈아 봤다. 두 화면에 똑같이 생긴 차고가 보였다. 시간이 남아서 직접 답사하러 가기로 했다. 짙은 화장을 하고 가발을 쓴 뒤 집을 나섰다.

하늘에 먹구름이 잔뜩 껴 사방이 회색으로 물들었다. 습기를 머금어 진득한 바람이 얼굴에 달라붙었다 떨어졌다. 뺨을 문지르며 현우의 집을 둘러봤다. 주택은 곳곳에 크고 작은 창이 여러 개 나 있었다. 차고는 크기가 작아서 G80 이외에 다른 차가 들어갈 자리는 없어 보였다.

현우가 창문이 많은 집에 남자를 데리고 올 것 같지는 않았다. 직관이 꿈틀거렸다. 현우는 목요일마다 집에 들러 옷을 갈아입고 특정한 장소에 간다. 대중교통 혹은 남자친구만 아는 세컨드카를 타고. 성정체성을 집요하게 감추는 현우는 일상과 비밀을 철저하게 분리할 테니까.

동네에 있는 주차장을 돌아다니며 주차된 차의 차량번호를 수집했다. 집으로 돌아가 차량번호를 일일이 넣어가며 자동차등록원부를 발급했다. 마흔일곱 번 시도했을 때 현우의 차를 발견했다. 세컨드 카는 벤츠 CLS였다.

*

등받이가 없는 벤치형 소파에 앉아 순서를 기다렸다. 간호사가 내 이름을 불렀다. 삼면에 책장이 있는 진료실 안으로 들어갔다. 동그란 뿔테안경을 쓴 의사가 책상에 앉아 있었다. 이전에 다닌 병원에서 받은 소견서와 처방전을 의사에게 주고 서울 생활에 적응을 못해서 며칠째 불면증에 시달렸다고 말했다. 의사는 이전에 복용한 수면제를 처방해줬다.

세종에서 살 때는 강력한 수면제를 얻으려고 꾀병을 부렸는데 오늘은 가뿐하게 손에 넣었다. 이 년 동안 거둔 게 아예 없지는 않았다. 집으로 가는 길에 묘한 생각이 들었다. 내가 겪은 실패와 좌절은 준성을 만나기 위한 과정이 아니었을까. 처음에는 유치한 농담처럼 웃겼는데 곱씹을수록 사실 같았다.

식탁에 앉아 수면제를 절구에 빻으며 기도했다. 준성이 나의 마지막 남자여야 한다고. 이 수면제를 써서 비밀을 들여다볼 때 추악한 죄악은 나오지 않길 해달라고.

*

남부터미널역 앞에서 준성을 기다렸다. 토요일이라 직장인을 손님으로 삼는 가게들은 문을 닫고, 동네 주민은 편한 옷을 입고 거리를 걸어 다녔다. 사람이 모여 부산한 곳은 횡단보도 건너편에 있는 남부터미널뿐이었다.

'저에게 사랑은 정착할 장소예요. 언제나 애타게 찾아 헤맸어요. 절실한 만큼 두렵기도 해요. 사랑을 얻으려고 나를 버린 사람에게 매달리는 비참한 일을 반복할까 봐. 미안해요. 무서워서 사랑을 단정할 수 없어요.'

귀에 이어폰을 꽂고 녹음된 준성의 목소리를 들었다. 틈이 날 때마다 준성이 하는 말을 반복해서 들으면 준성의 감정을 증폭할 말과 행동이 떠올랐다.

랜드로버 디펜더가 속도를 줄이다가 부드럽게 멈췄다. 활짝 열린 차창 안으로 손을 흔들어 인사하는 준성이 보였다. 나는 이어폰을 빼고 차에 탔다.

"데리러 와줘서 고마워요."

"제가 사는 집에 오는데 모시러 와야죠."

우리는 마트에 들러 장을 봤다. 집에 요리도구가 없다길래 된장찌개를 끓일 재료와 삼겹살을 카트에 담았다. 나는 딴청을 부리다가 계산대 앞에 있는 진열대에서 칫솔을 꺼냈다. 준성은 입가에 걸린 미소를 숨기지 못했다.

준성은 성수동에 있는 아파트에 살았다. 현관을 지나자 창밖에 있는 한강이 내려다보였다. 거실에 있는 가구는 전부 바닥타일과 색을 맞춘 상아색이었다. 집안은 모델 하우스를 옮겨온 것처럼 매끈했다. 깨끗한 걸 봐서는 집을 아끼는 것 같긴 한데, 취향이 깃들지 않은 걸 보면 집에 대한 애정은 없는 것 같았다.

나는 부엌에서 요리했다. 밥솥에 쌀을 안치고 시금치와 콩나물을 데쳤다. 밥이 다 되는 시간에 맞춰 된장찌개를 끓이고 고기를 구웠다. 우리는 식탁에 앉아 저녁을 먹었다.

"집에서 따뜻한 음식을 먹는 게 얼마 만인지 모르겠어요. 정말 맛있어요."

"어려운 것도 아닌데요. 다음에 또 해줄게요."

우리는 뒷정리를 마치고 와인과 치즈를 먹으며 영화 '비포 선라이즈'를 봤다. 남자와 여자가 호감을 느끼며 대화를 나눴다. 해가 뜨면 이별할 관계에 낭비하는 시간과 감정이 아까웠다.

"영화를 볼 때마다 부러웠어요. 세상에 저렇게 잘 맞는 사람을 우연히 만나다니."

"당신도 나를 만났잖아요."

나는 준성의 입술을 검지로 문지르고 눈을 감았다. 준성이 내 어깨를 감싸고 키스했다. 미지근한 혀가 내 입안에 들어왔다. 혀에서 와인 맛이 났다.

"수아 씨…. 더 깊게 닿고 싶어요. 괜찮아요?"

안 하느니 못한 말이었다. 여기까지 왔는데 허락을 구하다니. 달아오른 욕구가 식었으나 나는 고개를 끄덕여야 했다.

준성이 등에 붙은 지퍼를 내리고 내가 입은 원피스를 벗겼다. 텔레비전에서 나오는 빛이 준성의 몸에 내려앉아 음영이 졌다. 작은 갈색 젖꼭지가 반들거리고, 가슴 밑에 비어져 나온 갈비뼈 사이사이에는 그림자가 고였다. 준성의 알몸은 살가죽으로 근육을 빡빡하게 밀봉한 듯 탄탄했다. 그리고 페니스가 굵고 컸다.

준성은 나를 소파에 눕히고 같은 강도와 속도로 내 몸을 핥았다. 아주 약하게. 아주 천천히. 어떤 자세를 하든 준성은 한쪽 팔을 소파 끝에 올렸다. 소파는 둘이 누워도 될 만큼 넓었고, 내가 바닥에 떨어져도 다치는 일은 없을 텐데도. 지상에 올라온 물고기처럼 꿈틀거리는 팔뚝을 보자 잡념이 사라졌다. 나는 넣어달라고 애원했다. 준성은 요구를 무시하고 애무를 이어 나갔다. 희미한 쾌감이 쌓여 거대한 흥분이 돼서야 준성이 나에게 들어왔다. 비명에 가까운 신음을 질렀다. 처음 섹스했을 때가 떠올랐다. 다 들어왔다고 생각했는데 페니스가 더 남아있었다. 준성은 시간을 들여 페니스를 넣었다. 피스톤 운동은 애무와 똑같았다. 아주 약하게. 아주 천천히. 흥분한 탓에 느긋하게 흐르는 강물 같은 쾌락에도 절정 하고 말았다. 발가락에 힘이 들어가고 상체가 쪼그라들었다. 토요일 낮의 평화로운 침대에서 질식하는 기분이었다.

우리는 소파에 가로누웠다. 준성이 뒤에서 나를 안고 나는 준성의 품에 기댔다. 누구의 것인지 알 수 없는 혈관이 맥박쳤다. 눈을 감고 준성의 체온을 즐겼다. 소파에서는 은근한 가죽 냄새가 났다.

"콜라 마실래요?"

내가 묻자 준성이 고개를 끄덕였다. 냉장고에서 콜라를 꺼내 잔에 부었다. 준성은 남녀가 반년 뒤에 만나자고 약속하는 장면에 집중했다. 눈치를 보다가 저녁을 준비할 때 식탁 밑에 테이프로 붙여둔 약 포지를 뗐다. 약 포지를 펼치자 수면제를 빻은 가루가 잔 안에 들어갔다.

"좋은 영화였어요. 다음에 제대로 보고 싶네요."

수면제가 녹기를 기다렸다가 엔딩 크레딧이 올라왔을 때 콜라를 건넸다. 준성은 콜라를 들이켰다.

"우리 조금만 더 안고 있어요. 누가 쫓아오는 것도 아니잖아요."

*

준성이 가느다란 숨소리를 냈다. 나는 일부러 시끄러운 소리를 내며 일어났다. 자는 모습이 귀여워서 볼을 꼬집었다. 준성은 미동도 하지 않았다. 손가락에 힘을 세게 줘도 반응은 없었다.

창가로 가 밤이 내려앉은 한강을 봤다. 성수대교를 건너는 자동차가 발산하는 빨간불이 물에 탄 물감처럼 번졌다. 샤워할까 하다가 준성의 냄새를 맡고 싶어서 씻지 않기로 했다. 나는 커튼을 치고 뒤돌아섰다.

방을 돌아다니며 물건을 숨길만 한 곳을 뒤졌다. 괴상한 물건은 나오지 않았다. 안방에 있는 침대에 앉아 준성의 지갑을 열었다. 휴대폰으로 주민등록증, 자동차 면허, 명함 등등 지갑에 있는 물건을 촬영했다. 거실로 돌아가 준성의 휴대폰을 챙겼다.

컴퓨터가 올려진 책상과 책이 아무렇게나 꽂힌 책장만 있는 방에 들어가 컴퓨터 전원을 눌렀다. 인터넷 브라으저에 준성의 아이디가 로그인되어 있었다. 비밀번호 관리 기능에 들어가 준성이 들리는 사이트의 아이디와 비밀번호를 둘러봤다. 자주 사용하는 비밀번호는 791346이었다. 나는 준성의 휴대폰을 들고 791346을 눌렀다. 잠금이 풀렸다.

컴퓨터와 휴대폰에 있는 인터넷 접속 기록을 파헤쳤다. 특별한 것은 없었다. 준성은 경제 기사는 보수 언론에서 정치와 문화 기사는 진보 언론에서 찾았다. 해외 야동 사이트에 접속한 기록도 있었다. 준성은 무난해서 특이하다고 느껴지는 야동만 봤다.

준성의 휴대폰에 저장된 사람은 60명이 채 안 됐다. 전화를 반복적으로 하는 사람은, 회사 동료를 빼면, 아버지와 현우와 나뿐이었다. 최근에 문자 메시지를 주고받은 사람은 준호와 혜정이라는 사람뿐이었다. 혜정이라는 글자를 보자 가슴이 내려앉았다. 혜정이 전 여자친구라는 예감이 들었다.

엄지손가락을 어디에 가져다 대야 할지 몰라 머뭇거렸다. 일단 준호와 나눈 문자 메시지부터 읽기로 했다. 둘이 나누는 대화는 간결했다. 준성이 광주에 간다고 하면 준호가 알겠다고 하고 가끔은 준호가 집에 오라고 메시지를 보냈다. 준호는 준성의 동생이었다.

숨을 깊이 빨아들이고 준성과 혜정이 나누는 대화를 처음부터 읽었다. 혜정이 모임에 나오는 게 어떠냐고 권유하고 준성은 거절했다. 하지만 혜정이 강한 어조로 말하면 준성은 거절하다가 마지못해 승낙했다. 이런 대화가 일 년 동안 반복됐다. 가장 최근에 한 대화에서는 준성이 먼저 메시지를 보냈다. 마음이 가는 여자가 생겼으니 앞으로 만나지 말자고. 혜정은 짧게 답장했다. 안 돼. 기다리기만 하면 준성이 혜정을 잘라낼지도 몰랐다. 시간을 더 줄지 개입할지 고민하다 준성을 돕기로 했다. 오월이 지나고 있었다. 준성과 결혼해서 아이를 낳으려면 시간이 촉박했다.

휴대폰을 책상에 올리고 컴퓨터를 껐다. 기지개를 켜고 전원이 꺼진 검은색 모니터를 응시했다. 보통 사람은 가면을 쓴 채 까다로운 인간인 척 굴지만, 휴대폰과 컴퓨터만 뒤적여도 본모습이 까발려졌다. 비밀은 검은색 액정 밖으로 나가지 못할 만큼 궁상맞았다. 나는 준성이 보통 사람이라 고마웠다. 덕분에 비밀을 파악했고 나를 준성에게 맞출 수 있었다.

커튼 틈으로 하얀 햇빛이 숨어들었다. 햇빛이 거실을 가로질러 소파 앞까지 닿았다. 나는 챙겨온 속옷을 들고 화장실에서 샤워했다. 씻고 나와도 준성은 잠들어 있었다. 쪼그려 앉아 준성을 내려다봤다. 코에서 휘파람 같은 소리가 났다. 나는 웃으며 손가락으로 배를 찔렀다. 준성이 인상을 찌푸리다가 눈을 떴다.

"미안해요. 갑자기 피곤해서 잠들어 버렸네요. 수아 씨도 소파에서 잔 거예요?"

"이제 존댓말은 하지 말자."

"네?"

"우리 가까운 사이잖아. 아닌가?"

*

렌트한 아반떼를 주차장에 세웠다. 맞은편에 벤츠 CLS가 주차되어 있었다. 여러 가지 일을 동시에 진행하는 건 적성에 맞지 않았다. 혜정을 가지치기하기로 했으니까 현우를 빨리 처리하고 싶었다.

가지치기 방법 중 최선은 준성이 현우와 절교하게 유도하는 것이고, 차선은 현우의 약점을 압박해서 현우 스스로 잠적하게 하는 것이었다. 차선책을 썼을 때는 분노한 현우가 나를 뒤쫓을 위험이 있어서 되도록 최선책을 실행해야 했다.

주차장 입구 옆에서 현우를 기다렸다. 현우의 퇴근 시간은 다섯 시. 삼성역에서 오려면 삼십 분은 넘게 걸릴 것이었다. 해가 노을을 남긴 채 서쪽으로 가라앉을 무렵 현우가 나타나 차에 탔다.

부드럽게 액셀을 밟아 현우의 차를 따라갔다. 동네를 벗어나 차도에 진입했다. 현우는 뒤따라 붙은 차가 있다는 것을 눈치채지 못했다. 나는 숨을 내뱉고 손등으로 이마를 닦았다. 긴장을 놓아서는 안 됐다. 얼떨결에 신호나 차간거리를 놓치면 미행은 실패했다.

신당동 주택가에 도착했다. 현우가 비상등을 켜고 자동차의 속도를 늦췄다. 오른편에 있는 차고의 문이 소리를 내며 열렸다. 자동차가 차고 안으로 들어갔다. 나는 휴대폰으로 주택 주소를 확인한 뒤 이

동했다. 주차장에 차를 세운 후 휴대폰으로 현우가 들어간 건물의 등기부등본을 열람했다. 소유주는 현우였다. 이 집은 현우가 욕구를 해소할 때 가는 비밀스러운 별장인 듯했다. 현우는 소유 명의를 죄다 본인 앞으로 해서 꼬리를 밟기 쉬웠다. 가진 게 많으면 잡히는 것도 많은 법이었다.

보조석에 둔 카메라 가방을 챙기고 나와서 현우의 별장이 있는 근방을 살폈다. 별장은 오르막길이 시작되는 지점에 있었다. 골목길에 숨어 구조를 파악한 뒤 오르막길에 올라가 별장이 보일 만한 주택을 찾아 초인종을 눌렀다.

"안녕하세요. 저는 예술대학교에서 영화 전공하는 학생이에요. 졸업 작품을 촬영할 장소를 찾아보고 있는데 옥상이 적절할 것 같아서요. 카메라로 배경만 찍을 거라 피해 볼 일은 없고요. 촬영을 허락해주시면 장소 대여비로 50만 원을 드릴게요."

나는 대문을 열고 나온 여자에게 지갑을 펼쳐 학생증을 보여줬다. 여자는 복제한 학생증과 내 얼굴을 번갈아 보다가 요구를 승낙했다. 가방에서 카메라를 꺼내 망원렌즈를 장착하고 모노 포드에 고정했다. 집주인에게 의심을 사지 않으려고 카메라 위치를 이리저리 바꾸다가 난간에 카메라를 거치했다. 파인더에 눈을 가져다 대자 불이 켜진 창문 안으로 침대가 보였다.

현우는 담벼락이 치부를 가린다고 생각하고 커튼을 치지 않았다. 별장보다 높이 있는 옥상에서 침실이 보인다는 것을 모르고. 현우가 남자친구와 침실에 들어오는 모습을 찍으려고 기다리는데 준성이 전화를 걸었다.

"보고 싶어서 전화했어. 잠깐 얼굴 볼 수 있을까?"

"지금 친구 만나고 집에 돌아가는 길이야. 성수하고 가까우니까 서울숲에서 만나자."

전화를 끊고 혀를 찼다. 증거를 확보하고 싶은 마음을 눌렀다. 수단에 취해 목표는 잊는 건 멍청했다. 사랑하는 준성이 나를 찾으면 나는 가야 했다.

*

드립 커피와 피낭시에를 먹으며 한적한 오후를 즐겼다. 현관에서 초인종 소리가 들렸다. 밤에 오기로 한 준성 달고는 찾아올 사람이 없어서 무시했다. 초인종 소리가 반복해서 울렸다. 나는 인상을 쓰며 소파에서 일어섰다. 인터폰 화면에 준성이 비쳤다.
"잠시만. 열어줄게."
현관문 문손잡이를 잡으며 쏟아지는 생각을 정리했다. 준성이 왜 일찍 왔을까. 문을 열고 반가워하면서도 놀란 표정을 짓자. 준성을 거실에 두고 작업실 정리 상태를 봐야겠다. 문을 열자 물망초와 작약이 섞인 꽃다발을 든 준성이 서 있었다.
"우리 집에서 보니까 더 반갑네. 그런데 너무 일찍 온 거 아냐?"
"빨리 만나고 싶어서 광주에서 바로 왔어. 전화하고 문자 메시지도 보냈는데 말이 없길래 그냥…. 멋대로 굴어서 화났어?"
"미안. 간식 먹다 졸았거든. 화 안 났어. 어서 들어와."
준성을 소파에 앉게 하고 부엌에서 드립커피를 내렸다. 쟁반에 스콘과 커피잔을 가지고 거실로 나왔다. 앉은 채 집을 둘러보는 준성이 고맙다고 했다.
"잠시만 기다려. 화장하고 올게."

"화장 안 해도 예쁜데. 옆에 앉으면 안 돼?"

나는 미소를 띤 채 고개를 저었다. 복도와 거실을 연결하는 중문을 닫고 작업실에 들어갔다. 준성에게 보여줄 수 있을 만큼 깔끔하게 정리되어 있었다.

준성에게 집을 안내한 뒤 저녁을 차리려고 하는데 준성이 피자를 먹고 싶다고 해서 배달시켰다. 우리는 정원에 접이식 테이블과 의자를 설치했다. 잡초가 치노팬츠 끝자락에 닿아도 준성은 개의치 않았다. 우리는 정원 중앙에서 피자와 소주를 마셨다. 이 이상한 조합은 준성의 추천이었다.

"의외로 먹을 만하네. 어쩌다 이렇게 먹게 된 거야?"

"창업했을 때 한 달에 한 번씩 이렇게 먹었어. 맛있는 거 먹으면서 취하고 싶을 때가 있잖아."

"떠올리고 싶은 기억은 아니네."

"이제 절대 이렇게 안 먹었지. 그래도 알려주고 싶었어. 지금이야 먹고 싶은 거 먹으며 살지만 그러지 못한 기간이 길었으니까. 나는 패스트 푸드가 친숙한 사람이야."

"아무래도 좋아. 널 대변하는 건 말과 행동이야. 음식 취향이 아니고. 네가 시장통에서 파는 순대를 좋아하든 한국에서 구하지 못하는 푸아그라를 좋아하든 상관없어. 너에 대해 하나 더 알았다는 건 기쁘지만."

"난 말과 행동만으로는 확신할 수 없어서 눈에 보이는 단서를 찾게 돼. 네가 집에 초대해줘서 안심했어. 윤수아가 나를 좋아한다는 사실을 알지만, 윤수아라는 사람을 잘 몰라서 불안했거든. 네가 사는 집을 보니까 너를 더 알게 된 기분이야."

"내가 어떤 사람인 거 같은데?"

"차가운 봄이 맞아. 반듯하면서도 느슨해."

여름이 다가와 공기가 후덥지근했고 일곱 시가 넘어도 해가 지지 않았다. 어느 순간부터 우리는 말하지 않고 하늘을 올려다봤다. 하늘은 노을에 젖어 온통 오렌지빛으로 물들었다. 태양이 모든 것을 빨아들이는 듯했다. 하늘도. 구름도. 공간과 시간도. 나와 준성도.

"섣부른 말이긴 한데 그냥 지금 드는 생각을 말하는 거니까 심각하게 여기지는 마. 너랑 같이 살고 싶다. 넌 나한테 맞는 맞춤 정장 같거든. 하느님을 믿지 않지만, 하느님이 나를 위해 널 준비한 것 같아."

나도 신이 내려준 예언 같은 직감을 느꼈다. 내가 결혼하자고 하면 준성은 그럴 것이다. 준성은 혜정을 잊지 못하더라도 가정에 충실하리라. 나는 사랑을 현실에 속한 행복이라고 여겨서 타협할 용의가 있었다. 하지만 지금 제시받은 조건이 괜찮다고 생각하면서도 입을 열지 못했다. 타협할 상황이 되어서야 깨달았다. 나는 나만을 위한, 나를 뺀 누구도 범접하지 못하는, 신성불가침의 남자를 원했다.

"그 여자 다 지우지 못했으면서? 당신이랑 가까워질수록 그 여자의 그림자가 느껴져. 어떨 때는 당신과 그 여자가 한 몸 같아. 실망하지 않을 테니까 사실대로 말해줘. 나만 바라보는 거 맞아?"

준성의 눈 주위가 부들부들 떨렸다.

"남자에게 집 주소를 알려주고 집에서 저녁 먹는 거 오늘이 처음이야. 언제 헤어질지 모르는 사람이 내가 사는 곳을 안다 는 거 불안하고, 당신이 그랬듯 집을 보고 사생활까지 알게 되는 것도 싫었거든. 하지만 당신은 내가 사는 집에 와줬으면 좋겠다고 생각했어."

나는 일어서서 내 시선을 피하는 준성에게 다가가 무릎을 꿇었다.

"확신에 찬 행동을 하는 비법을 알려줄까? 내가 한 말을 지키려고 노력하는 거야. 나라고 뭐든 다 알아서 이런 식으로 말하는 거 아냐. 내일 뭐 먹을지도 모르는데 내 마음을 어떻게 알아. 의지를 끝까지 지키고 싶을 뿐이야."

"수아야."

"당신이 나와 걸음을 맞춰 걷겠다는 말 믿어. 하지만 솔직히 시간이 아깝다. 내가 도와주면 조금 더 빨리 같이 걸을 수 있을 거니까. 준성아, 내가 그 여자를 잊게 해줄 수 없을까? 난 뭐든지 할 수 있는데."

*

준성은 사흘이 지나서야 집에 찾아왔다. 저녁 아홉 시. 모두가 취한 술자리처럼 하루를 연장하기도 마무리하기도 어중간한 시간이었다.
"현우 형이 재밌는 모임에 초대받았다며 같이 가자고 했어. 거기서 혜정이를 만났어. 전 여자친구 말이야."
준성은 현관문 앞에 서서 혜정과 만난 계기와 이별할 때까지 있었던 일을 털어놓았다. 특별한 내용은 없었다. 만났다가 이별하는 흔한 연애였다.
"이번에 모임을 한다고 해서 오라고 하길래 거절했어. 하지만 마음에 걸려. 내 마음에 네가 들어왔지만, 아직 혜정이를 쫓아내지 못했나 봐. 이기적인 말인 거 알지만 나랑 모임에 같이 가줄 수 있을까? 너와 혜정이를 동시에 보면 정말로 지울 수 있을 것 같아."
화를 내야 하나 말아야 하나 선택 내리기 어려웠다. 사흘 동안 잠적하다 나타난 주제에 사과하지 않고 혜정에 관한 이야기나 떠들다니. 그래도 터무니없는 요구를 당당하게 말하는 모습은 멋있었다. 나는 결정을 내렸다.
"당신이 바라면 난 무엇이든 들어줄 거야."

*

준성과 성수동에서 만나 약속 장소로 향했다. 붉은 벽돌로 뒤덮인 건물 지하로 들어갔다. 크고 두꺼운 철문이 닫혀있었다. 주인공이 벽돌 성 지하에 있는 마녀와 만나러 가는 동화의 한 장면 같다는 생각이 들었다.

철문이 열리자 웃음소리가 터져 나왔다. 캐주얼한 와인바에는 큰 홀과 문이 없는 작은 방 네 개가 있었다. 자극적인 인공 향을 맡은 듯 기분이 거북했다. 클럽에서 마주쳐야 할 젊은이부터 머리가 하얀 노인까지 모여 있는데, 연령대가 분리되지 않고 섞여 있었다.

"안녕하세요. 저는 이혜정이라고 해요. 준성이 게스트를 데려오긴 처음이네요."

흰색 원피스를 입은 혜정이 씩씩하게 다가와 손을 내밀었다. 키가 작고 몸에 굴곡이 없을 정도로 깡말라서 활력을 내뿜어야 매력이 엿보이는 여자였다.

"동화 작가라고 들었어요. 저기 소설가와 애니메이터가 있거든요. 저기로 가요."

혜정이 막무가내로 나를 끌고 갔다. 나는 혜정을 파악하려고 저항하지 않았다. 뒤따라오던 준성은 혜정이 턱짓하자 걸음을 멈췄다.

소설가와 애니메이터가 나를 반겼다. 혜정은 예능 프로그램 진행자처럼 대화가 끊이지 않도록 적절한 반응을 하고 흥미로운 주제를 던졌다. 이십 분쯤 지났을 때 혜정은 즐겁게 지내라고 말하며 자리를 떴다.

혜정은 와인바를 누비며 사람과 대화를 나눴다. 혜정의 표정과 몸짓은 마주하는 사람마다 달라졌다. 사람에 맞춰 자신을 조절하는 것 같았다. 혜정은 피아노를 조율하듯 정교하게 사람을 다뤘다.

준성은 혜정과 떨어진 곳에 동년배로 보이는 남자와 앉아 와인을 마셨다. 준성에게 다가가려고 하는데 애니메이터가 누가 초청해서 왔냐고 질문했다. 준성이라고 대답하자 그 재밌는 친구의 여자친구냐고 물었다.

"여자친구가 되고 싶긴 해요. 그나저나 준성이 여기서 여자를 만난 적 있어요? 솔직히 신경 쓰여서 왔거든요."

"글쎄요. 누구랑 만난다는 이야긴 못 들었는데. 모두에게 친절하긴 해도."

소설가의 말에 애니메이터도 동의했다. 거짓말을 하는 것 같지는 않았다. 혜정과 준성은 연애를 공개하지 않은 모양이었다.

"여러분 준성이가 노래 부르겠답니다!"

혜정이 소리치자 사람들이 환호성을 질렀다. 고개를 돌리자 준성이 혜정의 옆에 서 있었다. 혜정의 비루한 욕망이 역겨웠다. 준성에게 우스꽝스러운 짓을 시켜서 지배욕을 채우다니. 준성은 천장을 보다가 처음 듣는 팝송을 불렀다. 감정에 빠지지 않는 담백한 노래였다.
"선생님! 예전 생각이 나세요?"
혜정이 머리가 반쯤 센 중년 남자에게 말했다. 중년이 준성의 손을 잡고 뭐라고 중얼거렸다. 준성이 이가 다 보이는 환한 미소를 지었다. 나에게 보여 준 적 없는 미소를.
뒤돌아서 화장실로 갔다. 준성은 혜정에게서 벗어나려고 사람을 찾았지만 그럴수록 혜정이 그리웠을 것이다. 모임 밖에는 세상을 몰라서 대화가 통하지 않는 얼간이뿐이니까. 명령을 따르기만 하면 혜정은 인간관계를 선물하니까.
변기에 앉아 감정을 추스르고 화장실 밖으로 나왔다. 중앙 홀로 가다가 혜정과 마주쳤다. 혜정이 이야기하자며 동그란 탁자가 있는 작은 방으로 나를 데리고 갔다.
"준성이가 여자친구를 데리고 온다길래 별 기대 안 했거든요. 그런데 정말 놀랐어요. 수아 씨 같은 타입이 올 줄이야. 머리 회전이 빠르고 행동력도 갖춘 타입. 본인이 몇백 명 중 한 명만 있을 정도로 희귀한 타입인 거 알아요?"
혜정이 웃으며 나를 칭찬했다. 나는 혜정과 눈을 마주쳤다가 숨을 멈췄다. 끝이 없는 우물처럼 깊고 어두운 눈이 나를 잡아먹을 듯 쏘아봤다.

"준성이랑 어울리지 말아요. 개 목걸이를 차야 안심하는 남자가 뭐가 좋다고 그래요. 수아 씨가 아까워요. 원한다면 훨씬 멋진 남자를 소개해줄게요. 나이 더 먹은 언니로서 아까워서 그래요."

혜정이 지갑에서 명함을 꺼내 테이블에 올렸다.

"더 대화하고 싶으면 둘이 따로 만나요. 모임에 관심 있어서 온 게 아니잖아요."

혜정이 시선을 위에서 아래로 옮기며 나를 뜯어봤다. 나는 손을 올려 가슴을 가렸다. 깊은 눈이 옷을 찢어 발가벗기는 것 같았다. 혜정이 나를 보고 코웃음 쳤다.

대리기사가 운전하는 준성의 차를 타고 집으로 갔다. 준성이 잘 가라고 인사했다. 나는 대리기사에게 목적지에 가지 않게 됐다고 사과하며 오만 원을 줬다.

"너 명령받는 거 좋아하더라. 즐거웠지?"

거실에서 준성을 붙잡고 따졌다. 준성은 움찔하며 한 걸음 물러섰다.

"무리한 부탁을 한다고? 웃기지 마. 너는 부탁을 기다려. 그 여자를 따르면 모임에 소속할 수 있으니까."

이해한다. 불행한 삶을 사느라 친구를 사귈 겨를이 없던 남자에게 혜정은 선물이었다. 이해가 수긍으로 이어지지는 않았다. 나와 함께 있을 때보다 혜정의 곁에 있을 때 안정감을 느껴서는 안 됐다. 내가 아낌없이 주는 사랑이 역부족이라고 선언하는 것이니까.

오른손을 높이 들어 준성의 가슴을 때렸다. 준성은 소리를 내지 않고 버텼다. 내 주먹도 준성에게 닿지 않는 것 같아 괘씸했다. 나는 주먹질을 하다가 발로 배를 찼다. 강하게 찼는데도 입에서는 신음조차 나오지 않았다.

"우리 내일 이야기하자."

내가 때리다 지쳐 바닥에 주저앉자 준성이 말했다.

"가지 마. 당신이 오늘 마지막으로 보는 여자는 내가 돼야 해."

말을 마쳤을 때 팬티가 축축해졌다는 것을 깨달았다. 나는 폭력을 행사해서 쾌감을 느끼고 젖어버렸다. 준성을 더 때리고 싶었다. 내 손으로 준성을 파괴한다면 나는 쾌감 속에서 준성의 주인이 될 테니까.

준성은 내 손에 붙잡혀 침실로 끌려갔다. 나는 준성 위에 올라타 재킷과 와이셔츠를 벗겼다. 몸 곳곳에는 내가 그린 파란 멍이 있었다. 팬티를 내리자 딱딱하게 발기된 페니스가 튀어 올랐다. 내가 명령하는 행위에 흥분했듯 준성도 복종하는 데 흥분을 느꼈다. 우리에게 애무는 필요 없었다. 나는 준성의 페니스를 잡고 내 안에 넣었다.
"너는 누구 거야?"
허리를 흔들다가 준성의 머리카락을 쥐어뜯으며 물었다.
"윤수아라고 말해."
"윤수아."
"너는 누구 거야?"
"윤수아!"
"나한테 거짓말하지 마. 넌 내 거니까."
똑같은 질문과 똑같은 대답을 몇십 번 반복했다. 지배와 복종은 방향성이 반대지만 목적지는 동일했다. 나와 준성은 무저갱 같은 광기에 투신했다.

*

명함을 흔들다가 책상에 내려놓았다. 헤드헌터로 일하는 혜정이야말로 특기와 직업이 일치하는 드문 타입이었다.

휴대폰을 들고 조만간 만나자고 문자 메시지를 보냈다. 혜정은 이번 주 업무가 바빠서 시간을 빼기가 어렵다고 했다. 목을 가다듬고 애절한 목소리를 연습한 뒤 전화를 걸었다.

"제발 부탁이에요. 요즘 잠도 제대로 못 자요. 시간 뺏지 않을게요. 제가 집 앞으로 갈 테니까 만나만 주세요."

휴대폰 스피커에서 한숨 소리가 들렸다. 혜정이 자기가 사는 곳 옆에 있는 카페도 괜찮냐고 말했다.

"고마워요."

나는 무표정으로 감격에 겨운 목소리를 냈다.

혜정은 조심성이 부족했다. 거주지만 알아도 할 수 있는 일이 많았다. 다섯 시간 일찍 약속 장소에 갔다. 주변을 돌아다니며 혜정이 살 만한 곳을 파악했다. 십오 분 거리 안에는 오피스텔 건물과 구축 아파트 단지가 있었다. 해가 저물자 차가운 바람이 매섭게 불었다. 유월인데도 오호츠크해에서 냉기류가 밀려와서 추위가 찾아왔다. 하늘이 혜정을 제거하라고 내 편을 들어주는 것 같았다.

카페에 들어가 따뜻한 아메리카노를 마시며 혜정을 기다렸다. 약속 시간 오 분 전에 지친 기색이 역력한 혜정이 도착했다.
"용건만 간단하게 말할게요. 준성이를 놔줘요. 나는 준성이가 필요해요. 당신만 없으면 우리는 행복해질 거예요."
"안 되는데요."
"왜요? 사랑하지 않잖아요. 가지고 놀 뿐이지."
"준성이를 만든 사람이 나니까. 그거 알아요? 준성이는 서른이 넘어서도 여자 경험이 없었어요. 여자는 무슨. 친구라고 부를 사람이 현우 오빠밖에 없었죠. 준성이에게 느낀 매력은 내가 만든 거예요. 내가 만든 건 내가 가지는 게 맞잖아요."
혜정은 손을 뻗다가 음료를 주문하지 않았다는 것을 깨닫고 입술을 내밀었다.
"소유권을 주장하려면 소유부터 하셔야죠. 다시 만나자고 해도 거절한다면서요."
"다른 말 좀 할게요. 나는 내가 만든 모임을 자랑스럽게 여겨요. 아마 내가 모임에 느끼는 감정이 수아 씨가 준성이에게 느끼는 감정과 비슷할 거예요. 하나의 점으로 존재하는 사람을 모아 모임을 만드는 건 특별해요. 내가 별자리를 잇는 것 같다고 할까요. 우리 모임에서 가장 특이한 구성원은 준성이에요. 다른 사람은 어디 가서도 제구실하는데 준성이는 내가 챙기지 않으면 외톨이가 되거든요. 가엽고 애틋해요."

혜정이 야릇한 미소를 지으며 팔을 테이블에 올렸다.

"나는 준성이를 버리지 않았어요. 일종의 객관화 훈련을 하는 중이에요. 준성이가 모임을 뺀 나만을 원했거든요. 그건 안 되죠. 나와 모임은 하나니까. 준성이가 나의 전부를 원하면 다시 받아 줄 생각이었어요. 준성이는 의존성이 강해요. 수아 씨와 어울리지 않아."

"소심한 부분이 있지만 강한 남자예요. 자신의 약점을 인정하고 고치려는 남자는 드물어요."

"그 부분에 반했구나. 근데 그런 모습을 보면 거세당한 거 같다는 생각 안 들어요? 불우한 환경에서 자랐으면 분노에 차야 정상이잖아요."

"그러지 않아서 강한 거예요."

"나는 준성이가 거세된 동물로 살았으면 해요. 능동적인 행동을 할 때마다 이상한 일을 저질러서 무서울 지경이었거든요. 이번에도 그래. 수아 씨를 모임에 데려온 게 정상적이라고 생각해요? 나랑 수아 씨를 비교하겠다는 거잖아요. 사고 치지 못하게 내가 잡아 눌러줘야 해. 그래야 모임에서나마 제 구실을 할 거니까."

나와 혜정은 평행선처럼 길게 이어질 뿐 마주하지 못했다.

"언니. 제발요."

"겨우 스물여덟 살이잖아. 조급하지 않아도 돼."

이만하면 혜정이 방심했을 테니까 물러나려고 하는데 호기심이 당겨서 등을 등받이에 기댔다. 한결같이 여유로운 혜정을 갑자기 찌르면 어떻게 반응할까. 가지치기하기 전에 경고하는 건 멍청하다고 생각해도 호기심은 커져만 갔다. 혜정이 당황하는 표정을 짓는 꼴을 보고 싶었다.

"어떻게든 준성을 가질 거예요. 당신을 죽여버려서라도."

"살인하려면 참을성부터 키우는 게 좋겠다."

혜정이 네모난 기계를 꺼냈다. 화면에는 빨간색 원이 점멸하며 초 단위로 흐르는 시간이 표시됐다. 테이블에 올려진 물건은 녹음기였다.

"내가 하는 말을 들어야 해서 가지고 다녀. 그렇게 심한 말 하면 어떡해? 준성이가 들으면 놀라겠다. 걱정하지 마. 네가 나한테 무슨 말을 하든 무슨 일을 하든 봐줄 거니까. 모임만 건들지 마."

혜정은 정지 버튼을 누르고 녹음기를 주머니에 넣었다. 나는 대답하지 않고 일어나 계산대로 갔다. 점원에게 커피를 주문하고 자리로 돌아갔다.

"커피 받아 가세요. 먼저 가볼게요."

*

무슨 짓을 저지른 거지. 어째서 그딴 말을 한 거야. 협박해서라도 우월감을 느끼고 싶었나? 내가 이렇게 멍청하다니.

분노와 자괴감이 혈관을 타고 전신에 흘러도 몸은 감정과 무관한 동물처럼 재빠르게 움직였다. 나는 카페 옆에 있는 건물을 향해 전속력으로 달렸다. 감정 정리보다 가지치기 준비가 우선이었다.

지린내가 진동하는 공용 화장실에 들어가 문을 잠갔다. 치마를 변기에 집어 던지고 점퍼를 벗어 반대로 뒤집었다. 초록색 천이 밖으로 나오자 완전히 다른 옷처럼 보였다. 가방에서 슬리퍼를 꺼내 신발을 갈아신었다. 가발을 쓰고 양면테이프로 붙인 네일을 벗겼다. 입던 옷과 가방을 화장실에 둔 채 밖으로 나와 눈에 컬러 렌즈를 넣었다.

카페로 달려가 창가를 바라봤다. 혜정은 의자에 앉아 휴대폰을 보고 있었다. 카페 옆에 있는 빵집에 서서 호흡을 다듬었다. 십 분 후 혜정이 커피를 들고 밖으로 나왔다. 나는 마스크를 쓰고 빠른 걸음으로 혜정과 거리를 좁혔다.

혜정은 통화하며 걸어서 아파트 현관에 들어갈 때까지 나를 인식하지 못했다. 엘리베이터 문이 열렸다. 혜정은 11층 버튼을 누르고 휴대폰을 봤다. 나는 16층을 눌렀다. 엘리베이터가 위층으로 올라갔다. 가장자리에 등을 기대고 혜정을 곁눈질했다. 혜정이 인기척을 느끼고 고개를 돌렸다. 팔짱을 끼고 시선을 바닥에 내리깔았다. 눈만 마주치지 않으면 혜정이 나를 알아보지 못한다고 속으로 되뇌었다. 엘리베이터가 멈추고 문이 열리자 혜정이 밖으로 나갔다. 문이 닫히는 틈 사이로 혜정이 왼쪽으로 몸을 돌리는 것이 보였다.

나는 16층에 내려서 계단을 올라갔다 내려갔다 하며 아파트 구조를 파악한 뒤 1층으로 내려갔다. 편의점에 가서 제일 싼 음료수 세트를 사고 혜정이 사는 동에서 가까운 경비실 문을 두드렸다. 경비원이 나를 보고 무슨 일로 찾아왔냐고 물었다.

"안녕하세요. 아버지가 도움을 받았다고 해서요. 감사해서 음료수 사 왔어요."

경비원은 고맙다고 말했다. 나는 경비원에게 안부를 물으며 CCTV 화면이 나오는 모니터를 바라봤다. 아파트 내부 계단에는 CCTV가 없었다.

*

준성이 술을 마시는 일이 잦아졌다. 술 상대는 언제나 현우였다. 참다못해 현우에게 전화를 걸어 준성을 말려달라고 부탁했다. 현우는 자기도 그만 마시라고 말리는데 말을 안 듣는다고 했다.

밤에 정신을 반쯤 잃은 준성이 택시를 타고 찾아왔다. 나를 돌아갈 장소로 여기는 건지 만취하고 나서야 내가 떠오르는 건지 알 수 없었다.

"사랑해."

침대에 쓰러진 준성이 중얼거렸다. 목적어가 없는 말이 나를 슬프게 했다.

"누구를?"

질문을 해도 준성은 몸만 뒤척였다. 나는 아무도 읽지 않는 작품을 쓰는 작가처럼 처량했다.

*

'혜정은 모임에 헌신해. 나도 처음에 의심했는데 이제는 백 퍼센트 믿어.'

애니메이터가 메시지를 보냈다. 휴대폰을 던지려다가 책상에 내려 놓기로 했다. 상냥한 윤수아는 물건을 부수어 화풀이해서는 안 됐 다. 최근 들어 상냥한 윤수아가 무너지고 있어서 신경 쓰였다.

이틀 전, 혜정에게 모임에 가입하고 싶다고 의사를 밝혔다. 혜정은 모임원 세 명의 동의가 필요하니까 기다리라고 했다. 혜정과 소설가 와 애니메이터가 동의해 오십 명이 모인 텔레그램 그룹 방에 초대받 았다. 준성은 그룹 방에 없었다. 생각보다 인원이 적다고 말하자 단 체 채팅에 익숙하지 않은 모임원은 그룹 방에 없다는 대답이 돌아왔 다.

창작 이야기를 한다는 핑계를 대고 소설가와 애니메이터에게 대화 를 걸었다. 이야기를 나누다가 모임과 혜정에 관해 물었다. 구성원 은 단체를 운영하는 사람에게 불만을 품기 마련이니까 혜정의 단점 이 나올 거라고 기대했다. 예상과 달리 두 사람 모두 혜정을 단단하 게 믿었다. 더 캐물으면 나를 의심할 것 같아서 대화를 서둘러 끝냈 다.

나는 가지치기를 해도 남자 하나를 얻지 못하는데 혜정은 오십 명이 넘는 인원이 모인 모임을 통제했다. 내가 혜정에게 느끼는 감정은 명료했다. 열등감과 질투. 혜정은 어머니와 가까운 인간이었다.

*

"내게 실망했어?"
준성이 물었다.
"응."
내가 대답했다.
"우리는 여기까지인 걸까?"
"아니. 우리는 언제나 우리여야 해."
"실망했는데 가능하겠어?"
"실망스러운 것도 너야. 나는 네가 무엇이든 너를 사랑하기로 했고. 하지만 너는 바뀌어야 해. 아니, 내가 바꿀 거야. 사랑의 배경이 실망이 되면 우리는 서로를 미워하려고 함께 할 거니까. 너와 함께할 수 있다면 증오도 얼마든지 나눌 테지만, 그래도 웃는 게 좋아. 준성아, 잊지 마. 난 널 사랑해. 빈말이 아니야."
"나도 사랑해."

준성이 반차를 내서 평일 오후에 데이트를 했다. 우리는 비스트로에서 늦은 점심을 먹으며 하우스 와인을 마셨다. 우리의 관계는 폭풍이 휩쓸고 지나간 땅처럼 상처가 남았지만 빠르게 복구되는 중이었다. 혜정을 언급하지 않는 점만 빼면.
"오늘 현우 오빠 안 만나? 또 술 마셔야지."
"형도 지쳐서 더는 못 마신다고 하더라. 기다려줘서 고마워."
준성이 내 귀에 손을 가져다 댔다.
"오늘 밤은 같이 보낼까?"
준성이 작은 목소리로 속삭였다. 나는 준성의 어깨를 장난스럽게 밀었다.
"내일 그러자. 금요일이니까 데이트도 하고 잠도 같이 자고. 오늘은 에세이를 써야 하거든."
준성은 한동안 섹스하지 않아서 달아올랐다. 그렇다면 준성과 붙어 있느라 별장에 방문하지 못한 현우도 섹스가 그리울 것이다.
짧은 데이트를 마치고 집에 돌아왔다. 차가운 물로 샤워해서 술기운을 털어내고 변장했다. 현우의 별장이 보이는 주택의 대문을 열었을 때 집주인이 촬영을 못 마쳤냐고 물었다. 나는 오늘 끝날 것 같다고 대답했다.

열 시가 지나도 현우가 나타나지 않았다. 휴대폰을 꺼내 현우의 인스타그램을 확인했다. 특별한 글은 올라오지 않았다. 완연한 여름이라 공기가 후덥지근한데다가 가발까지 써서 땀이 비 오듯 쏟아졌다. 가슴에서 난 땀이 배를 타고 바지 안으로 들어가 속옷을 적셨다.

자동차가 지나가는 소리가 들렸다. 난간을 붙잡고 길 쪽으로 고개를 내밀었다. 가로등 밑으로 현우의 자동차가 지나갔다. 카메라를 붙잡고 눈을 파인더에 붙였다. 침실에 불이 들어왔다. 현우와 중년 남자가 방에 들어와 격렬한 키스를 나눴다. 나는 검지로 셔터 버튼을 연신 눌렀다. 중년 남자가 현우의 얼굴을 쓰다듬다가 옷을 벗기고, 팬티만 걸친 현우가 남자의 어깨를 붙고 요염한 춤을 췄다. 저 더러운 꼴 좀 보라지. 준성을 아끼는 비련의 주인공인 척하더니 성욕에 미쳐 날뛰는 놈에 불과했다.

약점이 될 사진을 찍었는데도 파인더에 붙인 눈을 뗄 수 없었다. 두 사람이 나누는 섹스는 가벼워 보였다. 두 남자는 쾌락에만 집중했다. 섹스가 끝나고 현우는 나른한 표정을 지었다. 내가 기분 좋아지려고 섹스를 한 적 있던가. 떠오르는 기억은 없었다.

*

거울에 서서 나를 바라봤다. 나는 만발한 꽃이었다. 나의 아름다움은 지금이 마지막이었다. 맑은 피부와 탄력 있는 가슴과 잘록한 허리. 시간이 지나면 중력에 굴복해 늘어질 것들. 슬프지만 자랑스러웠다. 만발하고 지는 것도 선택받은 사람만 누리는 특권이었다.

거울을 그만 보고 거실을 떠나려고 했다. 다리에 힘을 주는데 몸이 움직이지 않았다. 수십 번을 반복하고 나서야 내가 거울 안에 있다는 것을 깨달았다. 거울 밖에 있는 여자가 어깨를 으쓱하며 실소했다. 나는 경악하며 여자의 얼굴을 바라봤다. 나를 비웃는 여자는 혜정이었다.

잠에서 깨 눈을 떴다. 땀에 젖은 베개에 검은 자국이 남았다. 갈증이 나서 목이 따가웠다. 혜정이 등장하는 악몽을 꾸는 일이 잦아졌다. 현실성이 없어서 철회한 가지치기 방법이 불현듯 떠올랐다. 다시 생각하니까 몇 가지 조건만 검증하면 실행해도 될 것 같았다.

나는 준성을 위해서라면 피를 묻힐 수도 있었다.

*

창문 너머로 보이는 하늘이 어슴푸레 밝아졌다. 옅은 검은색이 푸르스름하게 변하는 과정이 새삼스레 신기했다. 변하는 과정은 극단적이지만 매끈하다는 인상이 들 만큼 자연스러웠다. 이십 분이 넘게 하늘을 지켜봐도 위화감이 들지 않았다.

시선을 내려서 계단 난간 틈으로 보이는 현관문을 봤다. 혜정이 집을 나서는 시간이 이십 분 넘게 지났어도 문이 열리지 않았다. 잠복을 시작한 후 처음 있는 일이었다. 하기야, 하루도 빠지지 않고 새벽 다섯 시에 운동하는 사람이 있을 리 없었다.

혜정이 조깅하는 하천에 갔다. 굴다리에 도착해서 사방을 두리번거렸다. 여명이 밝아와도 어둠이 걷히지 않은 시간이라 사람이 없었다. 어디선가 새벽에만 나는 물에 젖은 흙냄새가 풍겼다.

혜정이 쉬는 오늘이 조건을 검증하기에 적절한 날이었으나 막상 실행하려고 하니까 아찔했다. 혜정이 사는 곳을 파악하고 동네 인터넷 커뮤니티를 뒤지다가 재밌는 글을 읽었다. 중학생 아들을 둔 엄마가 쓴 글이었다. 아들이 굴다리에서 양아치에게 돈을 뺏겼는데 CCTV가 없어서 범인을 찾지 못했다고 했다.

나는 마음의 준비를 하고 머리를 거세게 뒤로 젖혔다. 뒤통수가 벽에 부딪히자 귀에서 삐 하는 소리가 나고 머리에 충격이 전해졌다. 비틀대다가 벽에 손을 대고 일어섰다. 벽에 부딪히기 직전에 속도를 늦춰서 크게 아프지 않았다. 한 번 더 머리를 뒤로 젖혔다. 머리가 깨질 듯 아팠다. 나는 눈을 뜬 채 바닥에 누웠다.

십 분이 지나도 사람이 지나가지 않았다. 가방에서 휴대폰을 꺼내 119에 전화를 걸었다.

"기절했다가 일어났는데 머리에서 피가 나요."

응급실에 가서 CT 검사를 했다. 동그란 기계에 들어가자 윙윙거리는 소리가 났다. 의사가 뇌출혈이나 이상 징후는 보이지 않는다고 했다. 머리에 난 상처를 봉합하는 것으로 치료가 끝났다. 경찰서에 가서는 진술서를 썼다. 동화를 쓰려고 자료조사를 하러 갔다. 굴다리를 둘러보는데 머리에 충격이 전해졌다. 기절하기 전에 사람을 본 것 같기도 하다. 나는 빈혈이 심해서 상태가 안 좋을 때 실신해서 장담할 수는 없다.

"괜찮아?"

준성이 죽 그릇이 놓인 쟁반을 들고 침실로 들어왔다. 몸을 일으켜 헤드보드에 등을 기댔다. 머리가 흔들리자 통증이 심해졌다. 내가 앓는 소리를 내자 준성이 안쓰러워하며 내 옆에 앉았다.

"다쳤다고 진작 이야기했어야지."

"별것 아닌데 걱정할까 봐."

"어떻게 넘어졌길래 뒤통수를 다친 거야?"

"뛰다가 내 발에 걸려서. 나도 어이가 없어."

준성은 죽을 입으로 불어가며 나에게 떠먹였다. 죽은 고소해서 맛있었다. 숟가락을 들지 못할 만큼 아프지 않다고 해도 준성이 챙겨주겠다고 고집을 부렸다.

"다음에 일이 생기면 바로 말해줘. 알았지?"

다시 사과하고 알겠다고 했다. 혜정을 가지치기할 방법을 구체화한다고 준성에게 해야 하는 연락을 깜빡하고 말았다. 내가 다친 지 이틀이 지나서야 사실을 알게 된 준성은 일하다 말고 내가 사는 집으로 왔다.

"나는 어릴 때부터 남의 아픔을 보고 공감하지 못했어. 내가 겪지 않은 고통을 상상하기 어려웠거든. 그래서 상식적인 반응을 따라 했지. 아픔을 아는 척. 위로하는 척."
"다들 그렇게 해. 그게 예의니까."
"그런데 지금은 내가 다친 것처럼 아프다. 다친 너를 지켜보느니 내가 아픈 게 낫겠다는 생각이 들 정도야. 그러니까 제발 다치지 마."
"왜 그러는지 알아? 나를 너 자신처럼 가까운 존재로 생각하기 때문이야. 나는 네 것이 됐네. 너 나를 사랑하는구나. 정말 기쁘다."
준성은 물기가 감도는 눈으로 나를 바라봤다.
"사랑해."

병원에서 머리에 있는 실밥을 제거한 기념으로 준성과 데이트를 했다. 재밌는 장면은 많으나 결말은 엉망진창인 로맨스 코미디 영화를 봤다. 영화를 다 본 후에는 신논현 먹자골목에서 족발을 먹었다. 나는 마지막에 여자 주인공이 입은 웨딩드레스에 대해 떠들어댔다.
"주말에 광주 내려가기로 했는데 너도 갈래? 풀빌라에서 일박이일 놀고 오자."
준성이 내가 족발을 입에 넣었을 때 말했다.
"당신 가족이랑 있는 동안 나 혼자 뭐해."
"말을 또 돌려서 했네. 다시 말할게. 너를 가족에게 보여주고 싶어. 결혼하려면 그게 순서니까. 잠깐, 이거 순서가 잘못된 거 같은데. 혹시 나랑 결혼하고 싶은 마음 있어?"
"뭐?"
"미안. 이렇게 말할 생각은 아니었는데. 긴장해서 말이 아무렇게나 나와. 나 아직 멀었구나. 확신하기는커녕 내 마음도 제대로 말 못해."
정신을 차리려고 소주잔을 기울였다. 준성이 검지 끝으로 눈썹을 두드렸다.

"나이가 차서 조급하게 구는 거 아냐. 난 결혼 하든 말든 아무래도 좋다고 생각했어."

손님들이 떠드는 소리가 음 소거한 듯 꺼지고 준성의 목소리만 증폭됐다. 넓은 가게에 나와 준성만 앉아 있는 것 같았다. 아니, 세상에 나와 준성만 남은 것 같았다.

"나는 네가 윤수아라서 결혼하고 싶어. 네가 옆에 있으면 나는 평온할 거야. 네가 내 평화니까."

"마음 한 칸에 그 여자가 있으면서? 전 여자친구를 잊지 못하면서 결혼하자고?"

"비가 올 때마다 욱신거리는 흉터라고 생각하면 안 될까. 이혜정이 가끔은 생각나도 네가 있으면 이혜정에게 갈 일은 없을 거야."

"뻔뻔한 말을 하네."

"솔직해지라고 했잖아. 솔직한 내 마음이야. 네가 싫어할 걸 알아서 말하고 싶지 않지만, 침묵을 더 싫어할 것 같아서."

노을에 정신을 빼앗겼던 날과 지금의 상황은 차이가 나지 않았다. 근거 없이 낙관적인 미래를 짐작하고 혜정은 풀리지 않는 매듭으로 남기자는 말이었다. 차이점은 준성이 '결혼'이라는 단어를 입에 올린 것뿐이었다. 결혼. 오해의 여지 없이 의미가 명백한 단어. 작은 변화가 자고 일어난 후 처음 들이쉬는 숨처럼 소중했다.

"싫어."

"그래. 이해해."

"프러포즈를 족발집에서 받기 싫어. 정성 들인 장소에서 반지를 받고 싶어. 첫 마디가 가족 이야기인 것도 싫어. 네 마음을 예쁘고 달콤한 말로 포장한 고백을 듣고 싶다고."

*

자동차가 도심을 벗어나 이차선도로를 달렸다. 왼편에는 비닐하우스가 늘어섰다. 쏟아지는 햇빛이 비닐하우스에 부딪혀 번쩍거리는 파편으로 부서져 내렸다. 도로 앞에 듬성듬성 심긴 나무는 바람이 부는 쪽으로 가지를 흔들었다.
"저기야."
준성이 손가락으로 앞을 가리켰다. 길에는 정원이 딸린 호화로운 전원주택과 샌드위치 판넬 조립식 주택만 덩그러니 놓여 있었다. 전원주택에는 아버님이 살고 조립식 주택에는 동생이 산다고 했다.
"어서 오시게."
전원주택으로 들어가자 소파에 앉아 있던 준성의 아버님이 지팡이를 짚고 일어서 우리를 반겼다. 옆에 앉은 동생 준호는 팔짱을 낀 채 고개만 까딱였다. 아버님은 등이 굽고 말을 더듬어도 눈에는 빛이 났다. 준호는 형처럼 키가 크지만, 형과 달리 근육질이었다.
정원에 모여앉아 선물로 가지고 온 한우를 먹었다. 아버님은 고기 맛만 보고 내게 말을 걸었다. 준성은 그릴 앞에 서서 고기를 구웠다. 소주를 마시던 준호가 벌떡 일어나 준성에게 다가가 뭐라고 말했다. 준성이 인상을 쓰자 준호가 준성의 어깨를 건드렸다. 형제 사이가 생각보다 더 나쁜 듯했다.

"아버님. 날도 좋은데 소화할 겸 저랑 산책 다녀오실래요?"

아버님이 걱정스러운 표정을 짓길래 쾌활한 목소리를 냈다. 나는 준성에게 산책 다녀오는 동안 분위기를 정리하라고 신호를 보냈다. 준성은 고개를 끄덕하고는 준호를 데리고 정원 가장자리로 갔다.

나는 차가 다니지 않는 길을 걷다가 잘 자란 나무가 보고 난리를 떨었다. 미리 준비한 반응은 아니지만 나도 모르게 아버님에게 귀여운 며느리로 보이고 싶어 애교를 부리게 됐다.

"딸을 갖고 싶었어. 아들은 무신경하니까. 고맙네."

아버님은 주름진 눈으로 하늘을 올려보다가 헛기침했다.

"아픈 내가 오래 살아서 형제 사이가 안 좋아. 이제는 회복이 안 될 지경에 이르렀지. 시댁 신경 쓰지 말고 준성이와 행복하게만 살게."

나는 늙어 주름진 손을 꼭 잡았다.

하늘에서 검은 구름이 갑자기 몰려왔다. 빗방울이 떨어질 것 같아서 나와 아버님은 전원주택으로 서둘러 돌아갔다.

"씨발! 형 인생만 인생이야? 내 인생은 이렇게 망가뜨려 놓고 결혼해서 행복하게 살겠다고?"

현관문을 열었을 때 준호가 고함을 쳤다. 뒤이어 유리가 깨지는 소리가 요란하게 울려 퍼졌다. 아버님이 쥔 지팡이가 떨렸다. 거실로 들어가자 준성과 준호가 다투는 모습이 보였다. 바닥에는 깨진 소주병이 널려있었다.

"누가 도박하느라 돈 달라고 해? 아버지 사업 살려보겠다고 이러는 거 아냐. 나도 서른둘이야. 자리 잡고 사람답게 살아야지. 돈 충분하잖아. 없으면 건물이라도 팔든가."

"그만! 손님이 와있다."

아버님이 소리쳤지만 목소리가 갈라져서 힘이 없었다.

"형이랑 이야기했다. 요양원에 들어갈 거야. 그동안 폐 끼쳐서 미안했다. 이제 네 인생 살아."

"아버지. 나를 아버지 인질 삼는 패륜아로 만드세요? 나는 보상 받겠다는 거예요. 형이 돈 가지고 도망쳤을 때 아버지를 보살핀 사람은 저예요. 딴 사람은 몰라도 아버지는 내 편 들어줘야지!"

준호가 고함을 지르다가 나와 눈이 마주쳤다. 검은색 눈은 비가 그치고 무지개가 뜬 땅처럼 평온했다. 준호는 나에게 난장판을 보여주려고 일부러 화를 내고 있었다.

"이봐요. 형하고 결혼하지 마요. 가족도 버리는 인간이 아내를 못 버리겠어? 결혼 생활하다 조금만 힘들면 형은 사라질 거야."

"야! 고준호!"

준성이 소리치자 준호가 덤벼들어 준성의 멱살을 잡았다. 나는 형제가 싸우는 모습을 지켜봤다.

*

돌아가는 길은 내가 운전하기로 했다. 준성이 태연한 척해도 어두운 얼굴은 숨기지 못했다. 보조석에 앉은 준성은 아무 말도 하지 않다가 잠들었다. 습한 공기에서 비릿한 냄새가 나더니 이내 소나기가 쏟아졌다. 우리는 빗방울이 차에 부딪히는 소리를 들으며 서울로 돌아갔다.

준성은 아파트에 도착해서 맥주를 꺼내 마셨다. 나는 옆에 앉아서 준성이 말을 하길 기다렸다.

"준호의 말이 맞아. 스무 살 때 가족을 버리고 도망쳤어. 그것도 아버지가 돈을 모아둔 통장을 훔쳐서. 가만히 있다간 내게 주어진 기회를 잃어버릴 것 같았거든."

준성은 맥주를 반쯤 마시고 고해하듯 과거를 말했다.

"나 같아도 그랬을 거야. 집에 있었다간 아버지를 돌보느라 아무것도 못 했을 테니까."

달래는 말이 아니라 진심이었다. 가족 때문에 벌어지는 사건은 억울한 누명이다. 자의로 가족을 선택하지 않았는데 책임을 져야 하니까. 누구도 준성이 희생하지 않았다고 비난할 자격이 없다.

"형인 내가 책임을 졌어야 했는데 짐을 떠맡겼어. 준호는 아버지를 돌보느라 대학도 못 가고 제대로 된 일자리를 구하지 못했지."
"그래도 성공하고 나서 보답했잖아. 이야기를 들어 보니까 동생 회사 차려준 거 같던데."
"아버지가 부탁했어. 전에 하던 과자 공장을 다시 해 보고 싶으시다고. 동생이 당신을 돌본다고 인생을 허비해서 미안했는지 동생이 바람을 넣었는지는 몰라도. 이 년이 지났는데 뺄 거 다 빼면 남는 게 없어. 준호는 자본이 더 있어야 성공할 수 있다고 생각해서 돈을 요구해."
"동생이 원망스럽지는 않아?"
"원망해서는 안 되는데 원망스러워. 그동안 쓴 액수는 빚을 갚고도 남을 금액이야. 나는 할 만큼 한 것 같은데."
"언제까지 끌려다닐 수는 없어. 동생이 폭력도 쓰잖아. 가족이라고 해서 언제나 껴안을 수는 없어…."
준성은 고된 노동을 마친 사람처럼 지친 미소를 지었다.
"무슨 말인지는 알아. 그래도 가족을 어떻게 버리겠어. 내 잘못이니까 감내해야지."
기분이 언짢았다. 나와 결혼하고 싶다면 준성은 준호에게 휘둘려서는 안 된다. 결혼은 내가 선택하지 않은 부당한 가족에게 독립해 정당한 책임을 져야 하는 가족을 꾸리겠다는 뜻이니까. 이상한 일이었다. 나는 준성이 남자답게 잘못을 인정하는 모습에 반했다. 하지만 결혼하려고 하자 평가 기준이 반전됐다. 상처가 다 나았는데 뒤통수가 욱신거렸다.

경찰에게 전화가 왔다. 주변 CCTV 영상을 분석했으나 해상도가 낮고 굴다리 근처에는 CCTV가 없어서 용의자를 추정하지 못했다고 말했다. 나는 씩씩거리며 말이 되냐고 따졌다. 경찰은 내가 굴다리를 향해 가는 모습도 겨우 찾았다고 변명했다. 내가 말꼬리를 잡고 늘어지자 경찰도 화가 났는지 말투가 딱딱해졌다. 경찰은 소지품이 멀쩡하고 머리 말고 다친 곳이 없는 것을 봐서는 실신하면서 벽에 부딪혔을 가능성이 크지 않겠냐고 되물었다. 나는 묻지 마 범죄에 당한 거면 어떡하냐고 쏘아붙였다. 경찰은 한숨을 쉬며 놀랐을 텐데 이런 말을 해서 미안하다고 사과했다. 그리고 현실적 한계에서 오는 고충을 이해해달라고 부탁했다.

인터넷에서 구청 민원실 전화번호를 찾아 전화를 걸었다. 공무원에게 어째서 굴다리 근처에 CCTV를 설치하지 않느냐고 따졌다. 공무원은 죄송하다는 말만 반복하다가 담당자에게 전화를 돌리겠다고 말했다. 전화를 받은 공무원도 마찬가지였다. 예산 문제라는 말과 함께 사과를 반복하다가 전화를 다른 곳에 들렸다. 공무원이 세 번 바뀌었을 때 그럴듯한 설명을 들었다. 해당 구역에 전기선 공사가 되지 않았다. 전기선을 설치한다 해도 여름만 되면 굴다리가 있는 곳이 범람해서 관리가 안 된다. 그래서 굴다리 근처에 CCTV를 달 수 없다.

새벽 다섯 시, 하늘을 밝히기 시작한 빛이 지상에 닿지 않아 밤과 낮이 공존하는 시간. 어디에 있는지 보이지 않는 새만이 아침이 다가온다고 지저귄다. 굴다리에 들어가기 전까지 가로등이 없어서 사위가 어둡다. 나는 굴다리 입구에 있는 수풀에 들어가 어젯밤 놔둔 가방을 찾는다. 가방을 들고 나무 뒤에 숨는다. 현재 시각 다섯 시 십칠 분. 앞으로 십 분 안에 혜정이 온다.

주변을 살핀다. 어디에도 기척은 없다. 멀리서 뛰어오는 소리가 들린다. 나무에 기댄 채 머리를 돌린다. 운동복에 레깅스를 입은 혜정이 보인다. 가방에서 벽돌을 꺼내고 가방을 내려놓는다.

혜정의 얼굴이 식별될 정도로 가까워진다. 혜정은 귀에 에어팟을 꽂은 채 앞만 보고 달린다. 혜정이 굴다리 안으로 들어간다. 나도 수풀 밖으로 나와 따라간다. 눈을 크게 뜨고 출구를 바라본다. 사람은 없다.

나는 전속력으로 달린다. 혜정이 멈칫하지만 늦었다. 벽돌로 혜정의 머리를 찍는다. 머리가 깨지는 소리가 들리면서 벽돌을 쥔 손에 충격이 전해진다. 혜정은 비명도 지르지 못하고 쓰러진다. 머리에서 피가 흐른다. 발을 들어 혜정의 옆구리를 밟는다. 입에서 얕은 신음이 나온다. 나는 쪼그려 앉아 벽돌로 머리를 다섯 번 내려친다. 손가락을 혜정의 코에 가져다 댄다. 숨결이 느껴지지 않는다.

굴다리 밖으로 나와 가방에 넣어둔 옷을 갈아입고 가발과 벽돌을 넣는다. 지하철역으로 가서 일회용 교통카드로 지하철을 탄다. 청량리에서 내리고 무임승차를 반복한다. 청량리에서 건대로 건대에서 종합운동장으로. 혼잡한 출근 시간이라 무임승차를 들키지 않는다. 고속 터미널에 도착해서 지방으로 가는 사람들 틈에 낀다. 버스를 기다리는 척하다가 터미널 밖으로 나와 택시를 타고 집으로 돌아간다. 슬레지해머를 꺼내 벽돌을 부수고 조각을 정원에 퍼뜨린다.

상상을 멈추고 눈을 떴다. 나뭇결이 드러나는 천장이 보였다. 마지막 이미지 트레이닝하고 시행 날짜를 정하려고 했는데 현실 감각이 돌아왔다. 내가 무슨 짓을 한 걸까. 벽에 머리를 박아가며 현장 조사를 하다니.

정신을 차리자 허점이 낱낱이 드러났다. 경찰은 이른 새벽에 운동하는 혜정이 살해됐으니 면식범에 의한 살인을 의심할 것이다. 아파트 내부 계단에는 CCTV가 없어도 아파트 단지 내에는 CCTV가 많았다. 경찰이 한 달 동안 혜정의 아파트를 뻔질나게 돌아다닌 나를 발견하는 건 시간문제였다.

나를 가장 괴롭히는 점은 살인을 불사하려고 한 나 자신이었다. 허무하게 죽기 싫어서 사랑을 찾는 내가 타인의 목숨을 앗아가려고 했다. 준성을 위해서라는 비겁한 명분을 대고서. 역겨워서 의식이 사라질 때까지 구토하고 싶었다.

소파 등받이 끝에 머리를 올리고 두 손으로 이마를 감쌌다. 망상에 빠지지 않는 한 혜정을 가지치기할 수단이 없었다. 두 주먹을 쥐었다. 내가 볼품없는 여자를 이기지 못할 리 없다. 지금은 뜻하지 않게 일이 쌓여서 지쳤을 뿐이다. 잡다한 인간을 처리한 뒤에는 혜정을 가지치기할 수 있으리라.

*

차를 렌트해서 혼자 광주에 갔다. 아버님은 연락도 없이 찾아온 나를 반갑게 맞아줬다. 나는 준성에게는 비밀로 해달라고 부탁하고 집을 청소하고 저녁을 차렸다. 일곱 시가 넘어서 해가 저물어갈 때 준호가 퇴근하고 돌아왔다.
"여긴 왜 왔어요?"
"같이 저녁 먹고 싶어서 왔어요."
우리는 식탁에 모여앉아 저녁을 먹었다. 아버지는 며느리가 될 아기가 요리를 잘한다고 칭찬했다.
"우리 이야기 좀 할까요?"
나는 냉동실에 넣어둔 보드카를 꺼내고 말했다.
준호는 공장에서 창고로 쓸 것 같은 투박한 조립식 주택으로 나를 데려갔다. 집은 원룸처럼 거실과 침실이 겸용이었다. 퀴퀴한 홀아비 냄새가 떠도는 집 안에는 빈 소주병이 널려있었다.
"사연 들었어요."
가방에서 통장을 꺼내 준호에게 줬다. 준호는 한 손으로 통장을 펼쳤다.
"결혼하려고 모은 돈이에요. 술 끊고 형이랑 관계 회복하겠다고 약속하면 드릴게요. 공장에 투자하든 공장 정리하고 재시작하든 마음대로 하세요."

준호는 보드카를 마시고 팔짱을 꼈다.

"저라도 형을 원망할 거예요. 하지만 우리는 산만큼 더 살아야 하잖아요. 주제넘은 말이지만 형을 용서하라고 권유할게요. 형을 위해서가 아니라 자신을 위해서. 누군가를 증오하려고 사는 삶은 비극이에요."

내가 한 양보를 준호가 알아야 했다. 나는 가지치기할 때 혈육이라고 주저하지 않았다. 혈육은 다른 관계보다 질겨서 과격한 수단을 쓰고는 했다. 내가 양보하는 이유는 준호가 준성의 동생이었기 때문이었다. 준성이 가족과 원활한 관계를 원한다면 도와주고 싶었다. 준성은 지금껏 만난 남자와 다르니까.

"인생 참 좆같아. 호로자식인 형은 모두에게 사랑받고 사람 도리 다한 나는 쓰레기 취급받고. 어디서 만났는지 몰라도 형에게 과분한 여자를 만났구먼."

"준호 씨도 사랑받을 수 있어요. 긍정적으로 생각해줘요."

"저번에 돈 이야기 해서 이러는 거 같은데 나 돈 관심 없어요. 형에게 고통을 주고 싶을 뿐이야. 형이 도망쳤을 때 난 중학교도 졸업 안 했어. 어릴 때 큰 상처받은 적 있나? 어릴 때 생긴 상처는 영혼에 생겨요. 시간이 흘러도 낫지를 않아."

준호는 잔에 가득 보드카를 붓고는 한 번에 들이켰다.

"취해야 제정신이 돌아오는 것 같아. 맨정신일 때는 갈팡질팡하거든. 그냥 잊을까. 지금이라도 형처럼 다 버리고 내 인생 살까. 취해야 생각이 곤두서. 절대 형을 용서 못 해. 나는 이미 비극에 사는 거겠지. 그럼 형도 비극에 살아야 하지 않겠어? 그 쪽한테 피해 주기 싫어. 형이랑 헤어지고 다른 남자 만나요."

"다음에 또 올게요."

형과 파멸하겠다는 말은 만취해도 잊히지 않는 사념이었다. 준호의 증오는 질감이 느껴질 만큼 짙었다. 이대로 내버려 두면 사달이 벌어질 것이었다.

혜정을 가지치기할 방법을 구상하지 못한 상태에서 준호까지 제거할 생각을 하자 머리가 아팠다. 준호는 혜정과 다른 의미로 집요해서 어지간한 수단을 써도 준성을 포기하지 않을 터였다. 차를 타고 집으로 올라올 때까지 준호를 가지치기할 구체적인 계획은 고사하고 작은 구상도 떠올리지 못했다.

*

내가 사랑을 얻지 못한 까닭은 적당한 바람이 불지 않으면 연을 날릴 수 없듯 적절한 시기가 오지 않아서 그렇다고 믿었다. 실력이나 각오 같은 능력이 부족하다고 생각한 적은 없었다. 나는 보통 사람이 아니니까. 하지만 요즘은 내가 무능해서 사랑을 얻지 못한 거라는 의심이 들었다. 혀를 깨물고 죽는 게 나쁘지 않을지도 몰랐다. 의미를 남기지 못한 채 고독하게 죽는 건 무섭지만, 나의 무능함과 마주하지 않아도 된다는 점은 매혹적이었다. 왜 나에게 시련이 닥치는 걸까. 나는 노력에 합당한 보상을 기대할 뿐이었다. 이치에 맞지 않거나 과욕을 부리지도 않는데 보상은 요원했다.

*

나는 현우에게 최후통첩하려고 만나자는 연락을 했다. 현우는 뜬금없이 연락받고도 담담하게 회사가 있는 삼성동에서 만나자고 했다. 준성의 아픔을 모른 채 술을 권했던 모습을 참지 못하겠다는 명분을 대며 사라지라고 요구할 생각이었다. 현우가 거절하면 잠적할 때까지 동성연애를 하는 사진을 뿌릴 예정이었다. 안전한 방법을 찾을 시간과 심적 여유가 없었다. 머릿속은 막무가내로 물건을 처넣은 창고처럼 포화 상태여서 현우라도 처리해야 했다.

만나기로 한 고깃집 앞에서 현우와 마주쳤다. 우리는 예약한 방에 들어가 앉았다.

"여기 치마살이랑 제비추리가 맛있어. 네가 불렀으니까 사주는 거지?"

직원이 와서 고기를 구워줬다. 고기를 화로에 올리자 연기가 올라왔다. 고기를 다 구운 직원이 인사를 하고 방에서 나갔다. 나는 말꼬투리를 잡으려고 소주병을 들었다.

"여자 만날 때는 술 안 마셔. 간 아껴야지."

나는 병을 내려놓고 눈을 크게 떴다.

"뭘 놀라? 나 게이인 거 눈치챘으면서. 어쨌든 왜 불렀어?"

"준성과 술만 마시길래 자제해달라고 부탁하려고…."
"걱정하지 마. 미국 가기로 했으니까."
"미국이요?"
"원래 미국에서 공부하고 일했어. 휴가차 한국에 왔을 때 아버지 건물에 회사를 차린 준성이를 만나는 바람에 눌어붙게 된 거야. 진작 떠났어야 했는데 미루고 미루다 여기까지 왔네. 고마워. 미련을 포기하게 해줘서."
"제가요?"
내가 점점 바보가 되는 기분이 들었다.
"준성이 다 말해줬어. 아직도 혜정이를 만나고 있었고 너는 그걸 알면서도 사랑해줬다고. 너랑 결혼하고 싶다고 하더라. 나는 아픈 기억을 내팽개치는 법밖에 몰라서 술만 먹였는데."
현우는 집게를 들어 화로에 있는 고기를 내 접시에 옮겼다.
"결혼식은 참석 못 하겠네. 축의금은 준성이 계좌에 넣을 거야. 네가 고맙지만 얄밉기도 하거든."
"인생 경로를 바꿀 만큼 준성이를 좋아했잖아요. 오랫동안 지 켜봤잖아요. 어떻게 단김에 포기하는 거예요?"
"몇 년 동안 한 사람만 지켜봤는데 단김이라그 말하니까 우습다. 동성애자인 내가 이성애자를 포기한다는 말은 더 우습고. 결혼하고 싶다고 말하는 얼굴을 보니까 알겠더라고. 난 사랑이 아닌 집착을 했다는걸."
현우는 신중하게 단어를 선택하며 느리게 말했다.
"사랑은 헛된 미련과 욕망을 강요하지 않고 주기만 하는 거 아닐까? 그래야 내 사람이 사랑을 누릴 테니까."
"보상 심리를 버릴 수 있어요?"
"손해를 봐서 후회하는 거 아니겠어. 그럼 똑바로 사랑한 거지 뭐. 난 이익만 보며 살았어. 사랑할 때는 손해만 보고 살려고."
택시를 타고 집으로 돌아갔다. 나는 숨을 헐떡이며 발을 동동 굴렀다. 설득은 가슴에다 대고 말해야 성공하는 것이었다. 현우는 논리를 제시하지도 비판하지도 않았다. 자신의 사랑을 말하고 실천할 뿐이었다. 현우의 말은 깊이가 얕은 여울처럼 가냘프지만 격렬하게 내게 스몄다. 나는 사랑을 다 안다고 여겼으나 내가 관측하지 못한 미지의 영역이 존재했다. 현우의 가르침이 무지한 나에게 깨달음을 주고 무지에 에워싸인 영역을 밝혔다.
나는 사랑을 전부 깨달았다. 동시에 혜정과 준호를 가지치기할 방법이 떠올랐다. 내가 회복이 안 되는 손해를 감수하고 준성만 사랑하면 두 사람을 치울 수 있었다.

*

차가운 봄으로서 에세이를 썼다. 동화를 쓸 때는 이야기라는 가면에 나를 숨겼고, 이전에 에세이를 쓸 때는 자아가 분열돼서 내가 혼미했다. 나를 당당하게 드러내고 생각을 밝히는 것은 처음이었다. 첫 문장을 쓸 때만 해도 불안에 에워싸였다. 문장 하나를 완성하는 데 긴 시간이 걸렸다. 포기하지 않고 글을 쓰자 문장 끝에 문장이 붙는 시간이 짧아졌다. 정신을 차렸을 때는 손이 글을 베껴 쓰는 것처럼 문장이 쏟아졌다. 열흘 만에 원고지 600장이 채워졌다.

원고를 마치고 담당자에게 메일을 보내고 영혼이 지긋지긋한 육체에서 벗어난 듯한 해방감을 느꼈다. 머리가 맑고 어깨가 가벼웠다. 자아를 억제하지 않는 평범한 사람이 부러웠다. 그들은 업적은 남기지 못해도 산뜻하게 살았다.

상황은 나른하고 포근한 기분과는 반대였다. 나는 내 발로 절벽에 섰다. 책을 출판하면 나는 차가운 봄으로 살아야 했다. 무섭기는 해도 미련이 없는 선택이었다. 후회는 없었다.

*

내가 정한 장소에서 만나자는 문자 메시지를 혜정에게 보냈다. 오지 않으면 후회할 거라는 말도 덧붙였다.

햇빛이 강렬해서 거리가 하얗게 빛나는 무더운 토요일에 혜정과 만났다. 나는 인사도 없이 건물을 향해 손가락질했다. 건물 지하에 들어가서 직원의 안내를 받아 탈의실로 갔다. 로커 문을 열고 옷을 벗는데 혜정이 얼굴을 찡그렸다.

"뭐 하자는 걸까? 같이 목욕하자고요?"

"녹음기 때문에 그러죠. 여기 예약하기 어려워요. 싫으시면 가셔도 되고."

나는 발가벗은 채 혜정을 내려봤다. 혜정이 고개를 돌리며 옷을 벗었다. 혜정의 알몸은 보기 흉했다. 가슴은 부풀어 오르다 만 빵처럼 어중간하게 돌출됐고, 있으나 마나 한 가슴 밑에는 숨기지 못하는 가난처럼 갈비뼈가 튀어나왔다. 저 왜소한 육체는 아이를 잉태할 수 없다는 생각이 들었다.

나와 혜정은 문을 열고 목욕탕에 들어가 목욕탕에 들어가 편백 나무로 만든 탕에 몸을 담갔다. 허연 수증기와 진한 편백 나무 향이 퍼졌다.

"조만간 언니가 사랑하는 모임을 공격할 거라는 말하려고 불렀어요. 완전히 박살을 내려고요."

"뭐?"

"언니가 모임 건드는 거 말고 다 하라고 했지만 할 수 있는 일이 이것밖에 없더라고요. 거창할 테니까 준비 단단히 하세요."

"내가 모임은 건들지 말라고 했어. 준성이랑 당장 헤어지고 싶어? 준성이가 너를 최악의 여자로 기억하게 해줘?"

"저는 아무래도 좋아요. 언니가 있으면 결과는 다 비슷할 거니까요. 마지막으로 부탁할게요. 준성이를 놔줘요. 아무도 다치는 일 없게."

*

나흘 뒤 혜정이 차량 내부를 찍은 동영상을 보냈다.

운전석에 혜정이 앉아 있었다. 보조석 문이 열리고 준성이 차에 탔다. 혜정이 입을 움직여 뭐라고 말했지만, 동영상에 소리가 없어서 목소리가 들리지 않았다. 준성은 무덤덤한 표정을 지었다. 오 분이 지났을 때 준성이 동요하기 시작했다. 위로 올라가는 눈썹과 꾹 다문 입술. 나를 사랑하고 싶다고 말했던 때와 같은 표정이었다. 혜정이 손을 뻗어 준성의 손을 잡았다. 준성은 거절하지 않았다. 혜정은 눈을 감고 몸을 준성에게 내밀었다. 준성은 떨리는 손으로 혜정을 끌어안았다.

이 동영상은 혜정의 경고였다. 마음만 먹으면 언제든지 준성을 가지고 올 수 있으니까 쓸데없는 짓 말고 꺼지라는 경고. 혜정은 내가 아프길 바랐을 것이다. 하지만 나는 특별한 감정을 느끼지 않았다. 사랑을 다 몰랐던 내가 준성을 다뤘으니까 대수로운 사고가 발생했을 뿐이었다. 나는 준성에게 진짜 사랑을 가르쳐야겠다고 생각했다.

*

피시방에서 전화번호를 입력하지 않고 구글 아이디를 생성했다. 아이디는 눈에 들어오는 물건 두 개를 섞어서 만들었다. redclothmonitor. 구글 아이디로 트위터에 가입했다. 개인 신상을 밝히는 실수만 하지 않으면 처벌받지 않는 가계정이 완성됐다. 컴퓨터에 USB를 꽂고 합성한 사진을 트위터어 올렸다. 얼굴과 배경이 모자이크가 처리돼서 키 큰 여성이 키 작은 여성에게 봉투를 건네는 것만 알아볼 수 있는 사진이었다. 나는 키보드에 손을 올리고 거짓말을 작성했다.

삼 년 전 저는 모임장 A와 구성원 몇 명이 동의해야 가입할 수 있는 모임에 가입했습니다. 어느 날 A는 제가 한 말을 녹음한 것을 들려줬습니다. A를 믿고 이야기한 가족사와 과거사가 녹음되어 있었습니다. A는 녹음본이 공개되는 게 싫다면 명령을 따르라고 했습니다. 처음에는 사람들 앞에서 우스꽝스러운 짓을 시키며 저를 가지고 놀았습니다. 지금 생각해 보면 제 자존감을 짓눌러 복종하게끔 만드는 조련을 한 것 같습니다. 시간이 지나자 A는 돈을 달라고 요구했습니다. 저는 저항하지 못하고 돈을 바치게 됐습니다. 점점 금액이 커져서 제가 부담스러워하자 A는 중년 남성을 소개하며 남자와 정기적으로 관계를 맺는다면 돈을 요구하지 않는다고 했습니다. 더 끌려다니다가는 위험하다고 판단한 저는 한국에서 쌓아온 기반을 포기하고 외국으로 도망쳤습니다.

나는 게시물을 올리고 몇 주 전부터 트위터 활동을 한 아이디로 다시 로그인했다. 본인을 여성 인권에 관심이 많다고 소개하는, 팔로워 숫자가 많은, 사람에게 메시지를 보냈다.

'스레드를 발견했는데 공유해주실 수 있을까요?'

'물론이죠.'

답장이 빠르게 왔다. 혼자서도 호랑이를 쉽게 만들 수 있는 세상이었다.

*

"미친년! 이상한 글 쓴 년 너지?"

전화를 받자 혜정이 흥분한 목소리로 외쳤다.

"고소할 거야. 일 크게 벌리기 싫으면 자백해. 지금 말하면 용서해줄 테니까."

혜정은 고소가 안 되는 것을 알고 자백을 유도했다. 한국에서 가계정 소유주를 처벌하려면 트위터 본사에서 신상정보를 얻어야 한다. 하지만 표현의 자유를 중요시하고 모욕죄 형법이 없는 캘리포니아에 본사에 둔 회사는 한국에 신상정보를 제공하지 않는다.

"무슨 소리예요?"

"나랑 만나고 나서 트위터에 헛소리 올렸잖아! 너밖에 없다고!"

"크게 말하지 마세요. 무서워요."

"가만두지 않을 거야."

손으로 입을 막아 웃음을 참으며 전화를 끊었다. 거짓 폭로의 파급력은 굉장했다. 자극적인 사건을 소개하는 종편 프로그램이 내가 쓴 글을 소개한 덕분이었다. 사연을 읽고 분개하는 기자의 요란한 목소리가 시청자의 분노를 끌어냈다. 그룹 방에서도 프로그램에 나온 사연이 혜정과 연관된 게 아니냐는 의문을 제시하는 사람이 나왔다.

나는 가계정을 삭제하고 혜정의 대응을 기다리기로 했다.
정의가 단순하다고 믿는 순박한 보통 사람과 칼보다 강한 펜을 들고 시청률만 계산하는 언론사가 고마웠다.

*

에어컨이 돌아가는 소리가 크게 들릴 정도로 고요한 밤에 준성이 찾아왔다. 준성이 입을 굳게 닫고 나를 바라봤다. 나는 혜정이 수를 썼음을 직감했다.
"오늘 혜정이를 만났어. 네가 모임에 가입했다고 하더라."
"꽤 됐어. 약점을 잡아서 네 곁에서 쫓아낼 생각을 했거든. 유치했지."
"둘이서 만나기도 했더라."
"두 번 만났어."
"네가 위협을 하는 녹음을 들었어. 너라고 생각할 수 없는 목소리더라. 네가 협박하는 메시지도 봤고."
"죽인다고 말했지. 그때는 이성을 잃었어. 그 여자가 나를 몰아세웠거든. 문자 메시지를 그렇게 보낸 건 다시 또 만나려고 말을 강하게 했을 뿐이야."
"거짓 고발도 했다고도 하던데."
"피해망상이야. 나는 아무 짓도 하지 않았어."
준성이 이마를 누르고 한숨을 쉬었다.
"이해가 안 돼. 왜 그런 거야? 나는 너만 바라볼 거라고 약속했잖아."

"동의한 적 없어. 네가 이를 악물고 외면하니까 말 못 했을 뿐이야. 나는 이혜정을 간직한 고준성을 용납할 수 없어."
"너는 내가 아는 윤수아가 아닌 것 같아. 널 못 믿겠어."
"그 여자는 다 믿을 수 있고?"
"심술궂은 짓은 해도 거짓말할 사람은 아니야."
"사랑도 거짓으로 하는 너보다 낫네."
"나는 진심이었어. 널 정말 사랑했다고."
"아니. 넌 날 사랑하지 않아. 입만 산 거짓말쟁이. 입 밖으로 내뱉은 말을 지키지 않고 사랑하는 척만 했지. 너는 사랑이 뭔지 몰라."
"뭐가 사랑인데?"
"상대를 위해 나까지 버려야 사랑이야. 너는 그럴 수 없지? 우리는 여기까지야."
준성의 이마에 주름이 잡혔다. 검지로 나를 가리키며 말을 하려던 준성은 거친 숨소리를 내며 집을 나갔다. 이별의 말을 휘두른 사람은 나인데 가슴이 찔린 사람도 나였다. 준성과 다시 만나지 못할까 봐 두려웠다. 하지만 주사위는 던져졌다.

*

블루투스가 연결된 휴대폰으로 아버지가 좋아한 이문세 노래를 틀었다. 스피커에서 이문세의 굵고 낮은 목소리가 흘러나왔다. 나는 가사를 흥얼거리며 잔에 발렌타인 30년을 부었다. 호박색 액체가 잔에서 찰랑거렸다. 티 테이블에 올려둔 손가락만 한 플라스틱 통을 집어 들고 뚜껑을 열었다. 통을 기울여서 투명한 액체를 위스키에 넣었다. 비싼 돈을 들여 불법 체류자를 써서 구한 물뽕을 실험할 차례였다.

위스키를 들이켰다. 술맛 말고 다른 맛은 나지 않았다. 오 분이 지나자 몸이 이완되고 의식이 흐려졌다. 나는 소파에 앉아 정신을 차리려고 했지만, 세상이 나를 중심에 두고 지구본처럼 회전했다.

약이 잘못돼서 죽어버리면 어쩌지 걱정됐다. 최대한 주의를 기울였지만, 불법적인 약품의 안전성을 보장할 수 없었다. 죽음이 다가오는 것 같아서 소리를 지르려고 하는데 입에 재갈이 물린 듯 목소리가 나오지 않았다. 누군가가 거실 불을 껐다. 나는 의식을 잃었다.

눈을 떴을 때 지독한 두통이 머리를 때렸다. 팔걸이에 올라간 손이 저렸다. 나는 입을 크게 벌리고 숨을 쉬었다. 공기가 입천장에 닿는 감촉이 느껴졌다. 정신이 돌아오자 준성이 먼저 떠올랐다. 눈물이 볼을 타고 떨어졌다.

　　　　　　　　　＊

광주로 출발하기 전에 준호에게 문자 메시지를 보냈다.
'오늘 갈 건데 필요한 거 있어요?'
'술.'
 광주에 방문할 때마다 물었는데 대답은 항상 같았다.
"오늘은 이야기 좀 하죠? 비싼 술 사 왔으니까 같이 마셔요."
준호의 집에 도착해 문을 두드리며 말했다.
준호는 평소와 달리 술만 주고 가지 않아서 의아하다는 표정을 지었지만, 군말 없이 위스키병을 기울였다. 나는 준성과 헤어졌다고 운을 띄었다. 준호가 웃음을 터프렸다.
"우울하니까 술 많이 마실 거예요. 오늘 우리가 마지막으로 보는 거니까 술 상대나 해줘요."
위스키병을 반쯤 비우자 준호는 눈이 충혈되고 혀가 꼬였다. 나는 술에 취한 척 손을 휘두르다가 술잔을 엎질렀다. 바지가 술에 젖었다.
"칠칠맞기는. 수건 갖다줄게요."
준호가 비틀거리며 화장실에 갔다. 주머니에서 병을 꺼내 물뽕을 준호의 잔에 부었다. 물뽕의 효능은 대단했다. 수면제와 달리 녹는 시간을 기다리지 않아도 되고 복용자가 의식을 잃는 시간도 빨랐다. 그리고 금방 체외로 배출돼서 약물 검사를 해도 걸리지 않았다.

준호가 돌아와서 수건을 줬다. 나는 바지를 닦고 건배하자고 했다. 준호는 잔을 부딪치고 술을 비웠다.

"형을 용서할 생각은 여전히 없죠?"

"당연하지. 죽을 때까지 안 해."

"쪼잔하고 한심한 놈."

핏발이 선 준호의 눈이 커졌다.

"형이 어릴 때 지은 잘못도 용서 못 할 정도로 속이 좁으니까 네가 이따위로 사는 거야. 네 형은 용서를 빌 만큼 빌었어. 세상에 속죄하려고 큰돈을 주는 가족이 흔한 줄 알아? 맞다. 돈 이야기 나와서 말인데 너 능력도 없잖아. 물주가 있는데 망하다니."

"씨발 년이 돌았나!"

준호가 잔을 들고 던졌다. 잔이 허공을 가르며 귀 옆을 스쳐 지나갔다. 벽에 부딪힌 잔이 요란한 소리를 내며 산산조각이 났다. 아쉬웠다. 제대로 맞혀주기를 바랐는데.

"꺼져. 한 번만 더 찾아오면…."

준호가 흔들리는 상체를 주체하지 못하다가 식탁에 손을 올리고 머리를 파묻었다. 준호는 정신을 잃었다. 준호는 빨라도 여섯 시간 뒤

에야 정신을 차릴 것이었다. 나는 화장실에 가서 입 안에 손가락을 넣었다. 술을 다 게우고 숙취해소제를 마셨다.

바닥에 흩어진 유리 조각 중 가장 크고 날카로운 것을 찾아 집었다. 유리 조각을 팔목에 대고 팔뚝까지 길게 그었다. 뾰족한 유리 조각이 살에 파고드는 감촉이 소름 끼쳤다. 쓰라린 고통이 지나간 자리에 빨간 선이 생겼다. 찢어진 피부 틈으로 빨간 피가 흘러나왔다. 준호를 일으켜 의자에 기대게 하고 옷과 손에 피를 묻혔다. 배경 작업을 끝내고 손을 수건으로 감은 뒤 뺨과 코를 호되게 후려쳤다. 코피가 흐르고 입안에 비릿한 피 맛이 났을 때 자해를 멈췄다. 수건을 가방에 넣고 휴대폰으로 얼굴을 봤다. 입가에 피가 말라붙었고 눈가는 뻘겋게 부어올랐다. 나는 머리채를 잡아당겨서 머리카락을 뽑고 거실에 흩뿌렸다. 전신이 아픈데도 아프지 않았다. 이 고통을 바쳐 준성을 가질 수 있다면 수십 번도 반복할 자신이 있었다.

현장을 정리한 다음 화장실 문을 잠그고 준성에게 전화를 걸었다.

"나 좀 구하러 와줘. 준호가 술에 취해서 나를…. 지금 광주야. 빨리."

두 시간 후 준성이 도착했다. 준호는 의자에 앉아 곯아떨어져 있었고 나는 화장실에서 변기 옆에서 떨고 있었다. 준성은 내 얼굴을 만지려고 하다가 손을 떨어뜨렸다. 화가 난 얼굴로 어깨를 떨며 준호에게 다가가다 내게 돌아왔다.

"준성아."

내 목소리가 등대가 된 듯 준성의 정신이 본래 있어야 할 자리로 돌아왔다. 제정신을 차린 준성이 나를 껴안았다.

"아버지 집으로 가자."

어두컴컴한 준호의 집을 빠져나오자 햇빛이 눈을 찔렀다. 아침이 밝아와서 주위가 환했다. 아버님은 내 얼굴을 보고 기함하며 팔을 벽에 올렸다. 준성은 나를 빈방으로 데려가 젖은 수건으로 얼굴을 닦아줬다.

"병원에 가자."

"병원에서 경찰을 부르자고 할지도 몰라. 준호를 어떻게 할지 결정하고 병원에 가야 해."

"무슨 일이 있었는지 말해줄 수 있을까?"

나는 아버지와 준호를 돌보러 광주에 몇 번 들렸다고 설명했다. 어젯밤에는 너와 헤어졌으니 준호를 설득할 마지막 기회라고 생각해서 술을 마셨다. 대화하다 보니까 감정이 격해졌다. 내가 참지 못하고 힐난하자 준호가 술잔을 던지며 주먹을 휘둘렀다.

"나한테는 가족과 거리를 두라고 했잖아. 그런데 내 가족을 챙기고 있었어?"

"네가 동생과 화해하고 싶어 했으니까. 내 생각과 달라도 네가 원하는 건 다 들어주고 싶었어. 하지만 준호는 설득이 안 통해. 미안하지만 당신 동생은 치료받아야 하는 사람이야.'
준성의 표정이 복잡한 책 같아서 읽을 수 없었다. 수많은 감정이 얽혀버린 채 얼굴로 올라왔다. 그나마 눈에 들어오는 감정은 망설임과 감격이었다. 내가 할 일은 다 했다. 준성의 선택만 남았다.
"…수아야. 너를 의심하는 일은 다시는 없을 거야. 나는 네 거니까. 네가 내 세상이니까. 이제 너만 지키며 살게."
준성은 이부자리를 펴서 나를 눕히고 방문을 닫고 나갔다. 밖에서 준성이 소리치는 목소리가 들렸다. 준성은 아버지에게 동생을 당장 입원시켜야 한다고 외쳤다.
긴장이 풀리자 통통 부은 얼굴이 쓰라렸다. 입에서 하품이 나오고 졸음이 쏟아졌다. 일이 끝났으니까 눈을 붙여도 괜찮을 것 같았다. 베개를 베고 누워 눈을 감았다. 달콤한 잠이 나를 끌어당겼다. 머리가 부양하는 느낌이 들었다.
"내가 아니야! 기억이 안 난다니까!"
멀리서 준호가 외치는 소리가 들렸다. 나는 소음을 무시했다.

*

지루한 입원 생활을 마치고 퇴원했다. 상처는 나았지만, 흉터가 남았고 인대가 늘어난 팔은 재활치료를 받아야 했다.

준성이 빠질 수 없는 회의에 참석하는 날이라 혼자 퇴원 수속을 밟고 택시를 타고 집에 돌아왔다. 대문 앞에서 고개를 돌리며 스트레칭을 하다가 길 끝에 주차된 차 안에서 카메라로 나를 촬영하는 남자와 시선이 마주쳤다. 혜정이 붙인 사람이 분명했다. 남자는 카메라를 내려놓고 차를 몰아 도망쳤다.

현관문을 열자 옅은 비린내가 코를 찔렀다. 몇 주 동안 집에 고인 공기가 탁해서 가슴이 답답했다. 소파나 탁자에는 먼지가 앉았는데 의외로 바닥에는 먼지가 쌓이지 않았다. 창문을 열어 환기하고 청소하는데 혜정이 보낸 문자 메시지가 왔다. 퇴원을 축하하고 어서 진실을 말하라고 했다. 입원했을 때부터 사람을 붙였다는 암시를 하며 협박하더니만 오늘따라 노골적이었다. 당신이 고용한 흥신소 직원은 엉망이라고 답장을 보내려다 그만뒀다. 잘려 나갈 나뭇가지와 다투는 것은 웃기지 않는 농담처럼 무용했다. 나는 준성에게 문자 메시지를 보냈다.

코로 들어가는 공기가 뜨거워서 몸속에서 열이 나고 햇빛을 맞는 피부가 따끔했다. 물이 끓는 냄비 안에 들어온 듯한 한여름이었다. 나와 준성은 손을 잡고 혜정과 만나기로 한 카페에 갔다.

문에 붙은 종이 울리며 은은한 소리가 퍼졌다. 검은색과 회색만 써서 내부를 꾸며놓은 카페 안에 모임 사람들이 앉아 있었다. 수십 개의 머리가 나를 향했다. 적의에 찬 시선이 나를 찔렀다. 전 좌석에서 출입문을 볼 수 있는 내부 구조와 중압감을 주는 검은색 벽에서 악의가 느껴졌다.

"어서 와요."

혜정이 준성을 향해 인상을 쓰며 말했다. 안 그래도 말랐는데 살이 더 빠진 혜정의 얼굴은 뼈가 도드라져서 흉물스러웠다. 내가 고개를 끄덕이자 준성이 손을 놓았다. 혜정은 나를 끌고 카페 중앙에 서게 했다.

"다시 말하겠습니다. 제가 소명했듯이 삼 년 전에 우리 모임을 탈퇴한 여자는 없습니다. 저는 모임을 운영하면서 절대 사적 이익을 추구하지 않았습니다. 하물며 인신매매라니요."

사람들이 웅성거리며 고개를 끄덕였다.

"윤수아 씨가 저를 질시해서 거짓말을 한 겁니다. 저를 죽여버리겠다고 협박까지 했어요."

혜정이 휴대폰을 들고 나를 손가락질했다.

'어떻게든 준성을 가질 거예요. 당신을 죽여버려서라도.'

카페 스피커에서 내 목소리가 퍼져 나왔다. 같은 말이 다섯 번 반복됐다. 경악하는 소리와 놀라는 소리가 카페 안을 덮어 소란스러웠다.

괴이쩍은 광경이었다. 내가 협박을 한 것과 거짓 폭로를 한 것은 연관이 없어도 사람들은 혜정의 말을 믿었다. 폭로 내용처럼 혜정이 대화할 때 녹음하는데 수상쩍어하는 기색도 없었다. 모두 머리를 쓰지 않고 혜정만 숭배했다. 내가 느낀 신뢰의 정체는 무책임이었다. 바람이 부는 방향대로 일렁이는 갈대 같은 저들은 혜정이 제공하는 관계를 받아먹기만 했다.

"그런 말을 한 건 사실이에요. 흥분해서 실수했을 뿐이지 진심은 아니었어요."

나는 모자를 깊이 눌러쓰고 바닥을 내려다보며 말했다.

"트위터에 올라온 폭로는 저와 무관해요. 오늘 자백하려고 여기까지 온 거 아니에요. 도움을 청하러 왔어요. 혜정 씨가 일상생활이 힘들 만큼 연락을 했어요."

"피하기만 해서 그런 거잖아요. 뻔뻔하게 고개 숙이지 말아요."

혜정이 모자챙을 붙잡고 모자를 낚아챘다. 나와 혜정의 눈이 마주쳤다. 나는 입꼬리를 살며시 들어 올렸다. 혜정이 탄식을 뱉으며 뒷걸음질 쳤다. 죽음의 의미를 모르나 본능으로 죽음을 직시한 동물처럼 가냘프게.

"준성아. 약속 지켜줘. 나 좀 구해줘."

나는 감정을 담지 않은 목소리로 준성에게 말했다.

"이혜정! 무슨 짓이야!"

준성이 혜정의 손에서 모자를 빼앗아 나에게 씌었다. 나는 숨을 들이쉬고 울음소리를 내뱉었다.

"여러분. 할 말이 있습니다."

준성이 회색 테이블을 주먹으로 두드리고 말했다.

"저는 진실 여부를 모릅니다. 하지만 폭로하는 글에서 그랬던 것처럼 혜정은 저에게 명령하고 돈을 요구하기도 했습니다."

혜정이 다급하게 준성을 붙잡았다. 준성의 목줄을 놓친 것을 뒤늦게 깨달은 표정이었다. 보살피지 않아도 한 곳만 향하는 마음은 없었다. 준성은 나에게 넘어왔고 내가 시키는 대로 나를 보호했다.

"그건 애정 표현이었잖아. 돈은 모임 유지비를⋯ 너한테 큰돈도 아니고. 여러분 아니에요. 오해가 있는 거예요."

혜정이 중얼거리다가 입을 다물었다. 나를 향하던 사람들의 매서운 시선이 혜정에게 옮겨갔다. 혜정은 눈을 내리뜬 채 머리를 좌우로 돌렸지만, 시선을 피할 장소는 없었다. 나는 혜정의 어깨를 잡으려고 손을 뻗었다. 혜정은 뒷걸음질 치다가 괴음을 지르며 문을 박차고 나갔다.

혜정이 이해가 안 됐다. 우월한 능력을 지녔으면서 다수를 통제할 수 있다는 망상에 빠지다니. 사람이 사람에게 줄 심장은 하나밖에 없는데.

카페를 빠져나와 목적지 없이 거리를 걸었다. 전신에 땀이 나도 우리는 맞잡은 손을 놓지 않았다.

"괜찮아? 혜정이에게 미운 정이라도 남았을 거고 모임도 좋아했잖아. 둘 다 회복하기 어려울걸."

나는 준성과 말을 맞추지 않았다. 준성이 나를 지킬 거라는 말을 믿고 혜정을 만나러 왔다.

"너만 바라보고 산다고 했잖아. 이렇게 하지 않으면 너를 계속 괴롭혔을 거야."

나는 준성을 바라봤다. 소심한 준성은 사라지고 없었다. 나를 위해서라면 무엇이든 할 대범한 준성만 있었다.

*

집에서 혼자 위스키를 마셨다. 술에 취하니까 아버지가 떠올랐다. 죽음마저 저당 잡혔던 아버지는 사랑을 알았다. 아버지가 보고 싶은 밤이었다.

*

정신과 전문의 두 명이 준호가 주기적으로 술을 요구하는 메시지와 나에게 입힌 상처를 근거로 입원 치료가 필요하다고 결정했다. 아버님과 준성이 결정에 동의했다. 준호는 자의와 상관없이 정신병원에 입원해 치료받게 됐다. 입원 기간은 삼 개월이었지만 준호가 난동을 부리며 치료를 거부해 입원 기간이 연장됐다. 준호는 형을 향한 증오를 포기한 동생이 될 때까지 치료받을 예정이었다. 내가 그렇게 손을 쓸 생각이었으니까.

혜정은 백기를 올렸다. 지방에 있는 회사로 이직했다고 말하며 준성에게 접근하지 않을 테니까 나도 자신에게 접근하지 말라고 부탁했다. 내가 발을 내밀면 발가락을 핥을 듯한 비굴한 태도였다. 나는 무슨 뜻인지 모르겠다는 식으로 대응하며 고발이 진짜냐고 물었다. 이틀 후 혜정이 고발이 진실이라고 자백하는 동영상을 보냈다. 카메라를 응시하는 혜정의 표정이 못생겨서 일곱 번 돌려봤다. 다시는 마주치지 말자고 메시지를 보내고 혜정의 전화번호를 차단했다.

*

신발장에 올려놓은 돌고래 동상이 돌아가 있었다. 현관에 놔둔 슬리퍼의 위치도 바뀌었다. 내가 운동을 다녀온 사이 누군가 침입했다. 준호가 아니면 혜정이리라. 신발장 옆에 있는 수납장에 넣어둔 공구함에서 망치를 꺼냈다. 두 사람 중 하나가 왔다면 말로 끝나지 않으리라. 왼손에는 112에 전화할 수 있게 휴대폰을 들고 오른손에는 망치를 들었다.

작업실 문이 열려 있었다. 방 안에서 상체를 숙여서 물건을 줍고 있는 준성의 뒷모습이 보였다. 나는 숨을 죽이고 현관으로 돌아가 망치를 도로 집어넣었다.

긴장해서 굳은 몸을 만지며 상황을 파악하다가 그동안 사용한 물건을 전부 처분하지 않았다는 것이 떠올랐다. 작업실에는 준성의 정보를 기록한 수첩이 남아있었다. 만나기 전에 항상 연락하는 준성이 갑자기 찾아올 거라는 생각을 하지 못했다. 심장이 두근거렸다. 작은 실수 때문에 나의 헌신이 물거품이 될 수는 없었.

"말도 안 하고 찾아와서 뭐 하는 거야? 얼마나 놀랐는지 알아?"

나는 작업실로 달려가 문을 두드리며 소리쳤다. 준성이 놀라 짧은 비명을 질렀다.

"왜 벌써 와? 운동 가면 두 시간은 하잖아."
"그게 할 소리야? 말도 안 하고 와서 뭐 하는 짓인데."
"이렇게 일찍 올지 몰랐네. 완전 실패다."
준성이 몸을 돌렸다. 바닥에 장미꽃이 수북하게 쌓여 있었다. 준성이 머리를 긁적이며 책상에 둔 장미꽃 다발을 들어 내밀었다. 진하고 아릿한 장미 향기가 코에 스몄다. 두근거리던 심장이 움직임을 멈췄다. 가슴에서 짜릿하면서도 뜨거운 것이 울컥 올라왔다. 눈앞이 까맣게 변하고 귀에서 이명이 들렸다. 자극이 강렬해서 정신을 잃은 것 같았다.
"멋진 말을 준비했는데 막상 하려니까 기억이 안 난다. 내가 너를 사랑한다는 것만 뚜렷해질 뿐이야. 나는 너를 사랑해. 네가 내 빈 가슴을 채웠듯 나도 네 빈 가슴을 채울게."
손으로 입을 막았다. 입을 열어뒀다간 동물이 낼 법한 울음소리가 날 것이었다.
"수아야, 약속할게. 남을 생 동안 네가 외로울 일은 없을 거야. 내가 곁에 있을 테니까. 내 인생을 네게 주고 싶어. 그러니까 나랑 결혼해 줄래?"
시야가 돌아왔을 때 준성이 한쪽 무릎을 꿇고 반지 케이스를 꺼낸 채 나를 올려다보고 있었다. 나는 반지 케이스에 있는 다이아몬드

반지를 빼 손가락에 넣었다. 반짝이는 다이아몬드를 걸친 손가락이 예뻤다. 팔을 붙잡아 준성을 일으켰다. 나는 준성의 품에 안겨 눈물을 흘렸다. 준성이 부드럽게 등을 토닥였다. 감정은 진정되지 않고 확산됐다. 그치지 않는 감동이 나를 채웠다.

나는 이 순간을 경험하려고 태어났다. 눈을 감는 날에도 잊지 못할 추억이 생겼다.

*

어머니에게 결혼을 통보했다. 어머니는 심드렁하게 사위를 만나고 싶다고 했다.
한식집에서 어머니와 만났다. 준성은 등을 꼿꼿이 세운 채 어머니와 대화했다. 식사를 마친 어머니는 준성에게 딸과 이야기하고 싶으니 자리를 비켜달라고 했다.
"어떤 것 같아요?"
"한 시간 봐서 사람을 어떻게 알겠니. 너를 사랑하는 것 같긴 하더라. 네 아빠랑 닮은 것 같기도 하고."
"아빠보다 훨씬 강한 사람이에요."
"너희 아빠도 강한 사람이었다. 날 감당하려고 했잖니."
어머니는 자기가 한 말이 우스운지 깔깔거렸다.
"나는 결혼이라는 제도에서 행복할 수 없는 사람이었다. 내 성향이 나쁘지는 않았지만 좋은 것도 아니었어. 너는 결혼을 하고 행복하길 바라. 너는 아빠 많이 닮았으니 그럴 거다."
"노력해야죠."
"노력이라. 그래, 그러면 좋겠구나."
"할 말이 있으세요?"

"아니. 신경 쓰지 마라. 인연을 노력으로 연장할 수 있을지 생각했단다."
"노력하신 적이 없어서 그러시겠죠."
"그래. 그랬지. 나는 사람을 우선순위에 둔 적 없어. 내가 먼저였지. 후회는 없지만 아쉽구나. 나는 내 딸을 모르는 만큼 사람을 몰라."
"저도 사람은 몰라요. 대신 사랑은 알죠. 아빠가 가르쳐줬거든요."
어머니는 맞은 편에 앉은 나를 먼 곳을 쳐다보는 듯한 눈으로 바라봤다.
"그러길 바라마. 결혼 축하한다."
어머니가 오른손을 내밀었다. 나는 어머니의 손을 내려다보다 악수했다. 어머니의 손은 관리받아 반지르르한 얼굴과 달리 말린 나무껍질처럼 뻣뻣했다. 내가 서른이 다 되어 가니까 어머니는 환갑이 가까웠다. 존경하는 어머니도 노화는 피하지 못했다.

*

장식이 없는 새하얀 실크 드레스를 입은 나는 계단을 내려갔다. 테이블에 앉은 하객이 환호를 보냈다. 흰색 카펫 앞에 섰다. 양쪽에는 활짝 핀 흰색 국화가 흔들리고 있었다. 온 세상이 나에게 맞춰 흰색을 띠는 것 같았다. 카펫 끝에, 소나무 밑에, 서 있는 준성이 나를 기다렸다. 국화 향을 함유한 가을바람이 어서 가라고 등을 떠밀었다.

준성이 나를 향해 미소를 지었다.

나는 발을 내디뎠다.

준성을 만나기 전까지 한 모든 일을 잊었다. 기억은 무거운 액세서리처럼 거추장스러웠다. 나는 준성만 있으면 그만이었다.

나는 발을 내디뎠다.

빨리 준성의 옆에 서고 싶었다. 하얀 카펫은 안달이 날 만큼 길었다.

나는 발을 내디뎠다.

준성이 가까워졌다. 두 눈에 준성만 보였다.

나는 발을 내디뎠다.

웨딩드레스를 입었는데도 전신이 가벼웠다.

나는 발을 내디뎠다.

어려운 일은 끝났다. 남은 일은 서로를 아껴주며 행복하게 살아 사랑을 즐기는 것뿐이었다.

나는 발을 내디뎠다.

준성이 내 손을 잡았다. 나와 준성이 서로를 바라봤다.

사랑을 찾아 걸어온 발이 멈췄다.

나는 사랑을 얻음으로써 부패만 남기는 죽음의 손아귀에서 벗어났다.

*

한기가 품속에 파고들어서 잠에서 깼다. 혼자서 두꺼운 이불을 돌돌 만 채 잠든 준성의 뒤통수가 보였다. 나는 몸을 일으켜 준성의 얼굴 밑에 머리를 떨어뜨렸다. 콧구멍에서 나오는 숨이 볼을 간지럽혔다. 조심스럽게 이불을 펼쳐 안으로 들어갔다. 이불은 준성의 온기로 따뜻했다. 지금 시간은 새벽 여섯 시였다. 한 시간은 더 잘 수 있었다. 나는 고민하다가 잠옷과 속옷을 벗고 준성의 팬티 안에 손을 넣었다.
"이렇게 깨우면 곤란한데. 어제도 하고 잤잖아."
준성이 잠이 덜 깬 목소리로 말했다. 나는 이불 위로 올라가 준성의 뺨에 키스했다.
"빨리 임신해야지 우리 아이가 건강할 거 아냐."
"착유 당하는 젖소의 기분이 이해되려고 해."
"누가 나 늦게 만나래? 나는 젊어서 괜찮은데 넌 늙어서 안 돼. 지금 낳아도 애가 결혼할 때쯤에 넌 환갑이 넘을 거야."
나는 준성의 바지를 벗기고 발기한 페니스 끝을 손가락으로 툭툭 쳤다.
"이 친구는 하고 싶다는데?"

준성은 장난스럽게 고함을 치며 내 가슴을 만져댔다.

섹스를 끝내고 우리는 각자 화장실에 가서 샤워했다. 타올로 성기를 씻다가 멈칫했다. 금방 임신이 될 줄 알았는데 시간이 걸렸다.

아침으로 그릭 요거트와 샐러드와 닭가슴살을 먹었다. 준성과 나는 밤에 꾼 꿈과 오늘 일정을 이야기했다.

"수아야 사랑해. 먼저 출근할게."

식사를 마친 준성이 이마에 키스하고 집에서 나갔다. 나는 그릇을 식기세척기에 넣고 청소기를 돌렸다. 리모델링한 집이 낯설다는 생각이 들었다. 아버지 집은 우리 집이 됐다. 천장과 벽을 덮은 나무는 사라지고 대리석 타일과 흰색 벽지가 집안을 채웠다. 투박하고 촌스러운 과거는 사라지고 세련됨만 있어서 적응이 안 됐다. 나는 피식 웃었다. 이 집에서 준성과 추억을 묻혀나가며 살 것이다. 몇 년이 지나면 집이 질린다고 볼멘소리를 할 게 뻔하다.

차가온 봄으로 살겠다고 다짐하며 완성한 에세이는 성공을 거뒀다. 내가 쓴 동화책을 좋아하는 어머니들이 책을 구입하고 맘 카페에 호평을 남겨서 홍보가 톡톡히 됐다. 이번 달에는 대형 서점에서 여덟 번째로 많이 팔렸다. 나는 행사에 참여하거나 강연하느라 바빴다. 대형 유튜버의 인터넷 방송에 출연한 뒤로는 케이블 예능 방송에 게스트로 참여해달라는 제의를 받았다. 성공은 내리막길을 내려가는 공처럼 발동이 걸리자 멈추지 않았다.

준성은 내가 다져온 내실이 기회를 만나 개화한 것이지 요행이 아니라고 칭찬했다. 고마운 말이지만 틀렸다. 나는 준성을 만나 차가운 봄이 돼서 세상에 나갈 수 있었다.

사랑을 찾아 헤맸던 나는 적적하고 황량한 인간이었다. 나도 모르는 나를 숨기느라 타인을 경계했다. 남편에게 맞는 부인이 되려고 취미도 즐기지 못한 채 나를 방치했다. 사랑만 보느라 백 번도 허락되지 않는 사계절에 무심했다. 지나간 삶은 아무것도 세우지 못한 공터 같은 삶이었다. 나는 준성을 만나고 생명을 부여받았다.

내 이름은 윤수아. 차가운 봄이다.

*

생리 예정일이 삼 주가 넘게 지나도 생리하지 않았다. 평소에 생리가 불규칙한 편이어서 기대하지 않고 약국에서 임신테스트기를 샀다. 아침에 일어나 변기에 앉아 임신테스트기를 사용했다. 하품하며 임신테스트기를 보다가 소리를 지를 뻔했다. 선명한 빨간 줄 두 개가 나왔다.

산부인과에 가서 초음파 검사를 받았다. 의사가 기계를 내게 가져다 대더니 아기집이 생겼다고 말하며 임산부가 주의할 점을 알려줬다. 나와 준성의 사랑의 증거가 될 아이가 자궁에 자라고 있었다. 나는 배를 쓰다듬으며 아이를 행복하게 키우겠다고 다짐했다.

겨울바람이 불어서 추웠다. 나는 패딩 지퍼를 목 끝까지 올리고 머리를 숙였다. 갑자기 기분 나쁜 매연 냄새가 코를 찔렀다. 시선이 길 한편에 쌓인 더러운 눈더미에 닿았다. 병원에 들어갈 때는 인지하지 못한 위험이 느껴졌다. 어서 안전한 집으로 가야 했다. 택시를 잡으려고 도로로 나가는데 휴대폰이 울렸다. 저장되지 않은 번호로 전화가 왔다.

"나야. 오늘 만나고 싶어."

웬 남자가 헛소리를 했다.

"전화 잘못 거셨어요."

"윤수아 너한테 전화한 거 맞아. 사진 보낼 거니까 내가 정하는 장소로 나와."

전화가 끊기더니 휴대폰에 사진이 전송됐다. 내가 변장하고 현우의 집을 서성이는 사진과 혜정의 아파트에 들어가는 사진. 그리고 내가 집 앞에서 스트레칭을 하는 사진이었다. 남자는 거의 일 년쯤 내 뒷조사를 했다.

남자가 시키는 대로 연남동에 있는 위스키 바에 갔다. 인근에 도착했을 때 누군가와 몇 번 간 곳이라는 것을 기억해 냈다. 누구와 갔는지는 기억나지 않았다. 빌딩 안으로 들어가 어두운 지하로 내려갔다. 계단이 깊어서 출입문에 빛이 닿지 않았다.

위스키 바 안에는 여덟 명이 앉을 수 있는 바 테이블만 있었다. 가운데 자리에 앉은 정장을 입은 남자가 나를 향해 의자를 돌렸다. 천장에 달린 전등이 밑에 있어서 남자의 얼굴에 그림자가 졌다. 거만할 정도로 높게 선 콧대는 그림자 속에서도 존재감을 드러냈다. 나와 결혼할 뻔한 성훈이 손을 올렸다.

"너였어? 도대체 왜? 우리 헤어졌잖아."

"한잔하고 말하자."

성훈이 의자에서 일어나 진열장에서 위스키를 꺼냈다.

"많이 변했다. 사진으로 봤을 때도 놀랐는데 직접 보니까 더 그래. 말투와 목소리 톤이 나와 만날 때랑 달라. 그렇지, 한 가지 교정하고 시작하자. 우리 헤어진 거 아니야. 네가 일방적으로 사라진 거지."
"네가 부정을 들켰으니까."
"저리는 것보다 들킨 게 나쁘다 이거네. 어쩌겠어. 모든 조건에 맞는 상대를 만날 수는 없는 노릇이잖아. 나도 그렇고 너도 그렇고."
"나 결혼했어."
"너라면 이혼녀여도 괜찮아. 다만, 내가 아는 너를 원해. 지금 너는 경박해. 머리부터 다시 길러."
성훈이 위스키를 잔에 붓고 나에게 건넸다.
"술 못 마셔. 나 임신했어."
성훈의 눈썹이 위로 올라갔다가 제자리를 찾았다.
"낙태할 병원 찾아줄게. 너는 용서할 수 있지만 남의 아이는 안 돼."
"시간 낭비 그만하자. 원하는 거 말해줘."
"내가 하는 말 알아들었잖아? 다시 시작하자. 사람을 붙여서 네 본모습을 봤지만 잊지 못하겠어. 나에겐 네가 필요해. 네가 사랑을 가르쳐줘서 그래. 한 달 줄게. 남자 정리해. 연락 없으면 내가 할게. 그 남자에게 네가 어떤 여자인지 가르쳐줄게."

창문을 잠그고 커튼을 쳤다. 침대에 앉아 이불을 어깨에 둘러썼다. 내가 지나온 길에서 퇴적되어야 할 성훈이 등장한 것이 괴상망측했다. 윤수아가 사랑을 찾는 이야기는 윤수아가 차가운 봄이 돼서 끝이 났다. 끝이 난 이야기는 이어져서는 안 됐다.

머리를 짜내도 대응할 수단이 떠오르지 않았다. 성훈은 나를 원했다. 내가 사용하지 못할 정도로 망가져도 나를 가질 수만 있다면 상관없는 듯했다. 준성이 비밀을 알게 되면 이혼하자고 할 것이다. 내가 저지른 일은 정당하지만, 정상은 아니니까. 선택지는 두 개로 좁혀졌다. 준성에게 버림받고 성훈에게 가거나 버림받은 채 혼자 살거나.

첫 번째는 기각이었다. 사랑하지 않는 성훈과 사는 건 죽는 날까지 독약을 들이켜는 것과 같았다. 두 번째를 선택해 혼자 사는 거야 쉬운 일이었다. 하지만 성훈이 나를 내버려 두지 않을 게 뻔했다. 생각 끝에 강요되는 선택을 포기하는 선택이 떠올랐다. 한국인이 드문 개발도상국에 정착해 새로운 생활하는 것도 고려할만했다. 나는 스물아홉에다 외국에 정착할 돈이 있었다.

나답지 않게 도망칠 생각만 하고 있었다. 정신을 차리려고 머리를 흔들다가 아랫배를 만지작거리는 손을 발견하고 기겁했다. 나는 아이를 지켜야 하는 어머니로서 생각하고 있었다.

*

가슴이 당기고 아파서 자다가 일어났다. 가슴이 팽팽하게 부어 있었다. 침대에서 일어나 잠옷을 벗었다. 잠옷이 유두를 스치자 종이에 베인 것처럼 여운이 길게 쓰라렸다. 화장대 앞에 서서 가슴을 봤다. 파란 혈관이 도드라져진 가슴은 보기 흉했다. 한때는 남에게 과시하는 자랑거리였는데.
"수아야. 괜찮아?"
잠에서 깬 준성이 일어나서 말했다.
"응. 괜찮아."
"내가 도와줄 일은 없을까?"
준성이 뒤에서 나를 껴안았다. 양손이 가슴 아래를 감쌌다. 단단한 준성의 팔과 따스한 온기를 느끼자 안정감이 들었다. 성훈을 처리할 때까지 임신 사실을 숨기려고 했지만, 입덧을 자주 하는 바람에 준성이 임신을 알아차리고 말았다.
"곁에 있어 줘. 내가 네가 알던 사람이 아니게 되어도. 그거면 돼."
"당연하지. 네가 살이 잔뜩 쪄도 널 사랑할 거야."
"내가 예쁘지 않아도?"
"꼬부랑할머니가 돼서 피부가 처지고 얼굴에 나이테처럼 굵은 주름과 갈색 반점이 생겨도 옆에 있을게. 그때도 내 눈에 비친 너는 예쁠 거니까. 수아야, 넌 항상 예뻐. 예전에도 그랬고 지금도 그래. 미래에도 그럴 거야."

준성이 씻으러 화장실에 갔다. 부드러운 티셔츠 위에 운동복을 입고 휴대폰을 들었다. 수백 번을 생각해도 준성을 포기할 수 없었다. 나는 성훈을 죽이기로 했다.

성훈의 소유욕을 이용한다면 자살로 위장한 살인이 가능할 것 같았다. 휴대폰 메모장에 살인 시나리오를 쓰기 시작했다. 결혼하기 전에 나는 살인에 거부감을 느꼈다. 한 남자의 부인이자 한 아이의 어머니가 된 나는 살인을 준비해도 아무렇지 않았다.

*

한 달이 지나가고 있었다. 성훈을 살해할 계획은 완성하지 못했다. 두려워서 초조하고 초조해서 다시 두려웠다. 공포는 끝이 없었다. 준성도 이상하다고 느끼는지 괜찮냐고 빈번히 물었다. 나는 괜찮지 않아도 괜찮다고 했다. 거짓말은 누구도 안심시키지 못했다.

*

준성이 사흘 동안 집에 들어오지 않았다. 몇 번을 전화해도 받지 않았다. 회사에 연락해서야 준성이 급하게 휴가를 냈다는 소식을 들을 수 있었다. 성훈이 헛수작을 부린 걸까. 성훈에게 전화를 걸었다. 휴대폰이 꺼져 있었다. 불안해서 미칠 것 같은데 할 수 있는 일이 없었다. 밥을 먹고 자는 시간을 빼고는 배를 끌어안고 하염없이 준성을 기다렸다.

일주일 만에 준성이 돌아왔다. 처음 보는 낡은 점퍼와 청바지를 입은 준성이 거실로 들어왔다.

"당신 도대체! 내가 얼마나 걱정했는지 알아?"

내가 소리를 지르자 준성이 나를 껴안았다. 한참이 지나서야 준성이 입을 열었다.

"미안해. 연락할 수 없는 상황이었어."

"뭐 하다가 이제 들어온 건데? 응? 말 좀 해줘."

"강성훈을 정리했어. 그 사람이 찾아올 일은 없을 거야."

"뭐라고?"

"그 인간 정리하려고 했잖아. 임신해서 힘드니까 내가 대신했을 뿐이야. 걱정하지 마. 완벽하게 처리했으니까. 의심받을 일도 없을 거야."

준성이 내 어깨에 손을 올렸다. 옷 위로 날카로운 칼 같은 서늘함이 느껴졌다. 나는 혼란스러워서 준성의 손만 잡은 채 아무 말도 못 했다. 준성의 얼굴은 피로에 찌들어서 어두웠다.

"너를 지키겠다고 했잖아. 지금은 너무 피곤하다. 한숨 자고 일어나서 이야기하자."

"저기, 준성아."

"응?"

"…어디까지 아는 거니? 언제부터 알았어?"

"글쎄. 당장은 알아야 할 때 알아야 할 것을 알았다는 말밖에 못 하겠다. 다음에 시간 들여서 이야기해줄게. 프라이버시를 침범한다고 해도 사랑하는 너에 대해 알고 싶다는 욕구를 참을 수 없었어. 너를 지키려면 네가 말하지 못하는 마음도 알아야 하기도 했고."

준성의 눈동자는 아무도 찾지 않는 호수처럼 고요했다.

"내가 무슨 말을 하는지 이해하지 수아야? 너도 나와 같은 마음이었을 테니까."

*

준성이 출근했을 때 집안을 샅샅이 뒤졌다. 책장 맨 위 칸과 텔레비전을 올려두는 수납장에서 소형 카메라를 발견했다. 벌레가 등에 가늘거리는 것처럼 소름 끼쳤다. 준성의 여권에 필리핀 출입국 도장이 새로 찍힌 것을 발견했다. 발에 힘이 풀려 휘청거리다가 책상을 붙잡았다. 성훈을 어떻게 정리했는지 어림잡을 수도 없었다. 나는 휴대폰 메모장을 켜서 딸기 생크림 케이크를 먹고 싶다고 적었다. 저녁에 퇴근한 준성이 딸기 생크림 케이크를 사 왔다. 숨이 막혔다.

나는 준성이 나의 운명이라고 확신했다. 하지만 서른이 되기 전에 아이를 낳고 싶어서 성급한 선택을 했을지도 모른다. 마음이 급할 때는 눈에 보이는 것을 실제보다 과대평가하기 마련이니까.

나는 사랑을 깨달았다고 확신했다. 하지만 준성의 사랑은 파악할 수 없다. 준성은 내가 한 짓을 알고 결혼한 걸까 결혼하고 나서 알았지만 상관없다고 판단한 걸까. 진실이 뭐든 준성이 인간 같지 않다.

나는 인생을 바치는 남자에게 헌신하리라 확신했다. 하지만 하루하루가 지날 때마다 배가 부풀어 올라서 평생은커녕 내일이 두려웠다. 내일이 안개에 덮인 산처럼 아득했다.

내게 남은 확신 하나였다. 혼인신고를 하고 임신한 나는, 내 과거를 아는 준성과 사는 나는 과거로 돌아가지 못한다.

*

나는 사랑을 원해서 투쟁했고 끝내 사랑을 얻었다. 내가 얻은 사랑은 작은 온기에도 녹는 눈처럼 내게 닿자마자 녹아내렸다. 아아, 나는 차가워도 봄이었다. 사랑은 사랑이라는 이름만 남기고 기묘한 형태로 변했다. 내가 원한 형태는 아니어도 이것은 사랑이었다. 사랑이어야만 했다.

*

허리와 골반이 찢어지는 것 같았다. 아니, 찢어진 게 분명했다. 입을 벌리고 소리를 질렀다. 간호사가 호흡해야지 덜 고통스럽다고 했다. 거짓말이었다. 호흡해도 고통은 끝나지 않았다. 누군가가 '더! 더! 더!'라고 소리쳤다. 수술대에 달린 손잡이를 잡고 항문에 힘을 줬다. 아기 울음소리가 들렸다. 마침내 아이가 빠져나왔다. 준성이 분만실로 들어와 가나와 아이를 연결한 탯줄을 가위로 잘랐다. 간호사가 아기를 들어, 내 가슴에 올리고 아기 입을 유두에 댔다. 아기가 유두를 빨았다. 기진맥진해서 감정을 느낄 새가 없었다. 내 몸 안에 살았다고 믿기 어려울 정도로 무거운 아이를 치워주기만 바랐다. 간호사가 아기를 들어 얼굴을 보라고 했다. 나는 반쯤 눈을 감은 채 울부짖는 아기를 봤다.

여지가 없는 마침표 같은 죽음보다 끊임없이 변주되는 삶이 두려웠다. 아기도 똑같이 생각하는지 울음을 멈추지 않았다.

*

바닥에 앉아 소파에 등을 기대고 하품하다가 웃음을 터뜨렸다. 소파도 나도 용도에 맞지 않게 쓰이고 있었다. 걸터앉는 소파는 등받이가 됐고 사랑하려고 태어난 윤수아는 사랑을 모르는 바보가 됐다.
햇빛이 창문 안으로 쏟아졌다. 창문 모양으로 반듯하게 조각난 햇빛이 바닥에 들러붙었다. 나는 무릎을 꿇은 채 햇빛이 지어낸 창문을 향해 기어갔다. 팔을 내밀자 따스한 햇볕이 묻었다.
"예쁘긴 하다."
혼잣말하며 팔을 내려다봤다. 그림자가 너려앉은 부분을 뺀 모든 곳이 반짝거렸다. 내가 중얼거리자 소파에 앉아 있던 준성이 다가왔다.
"방금 장난친 거야?"
준성이 나를 일으켜서는 소파에 앉히고 물었다. 나는 대답하지 않았다.
"수아야, 사랑해."
준성이 나를 껴안으며 말했다.
"그리고 우리 아들도."
방에서 울음소리가 들렸다. 종일 잠만 자던 아이가 요즘은 낮에 일어나 활동하기 시작했다. 준성은 방에서 우는 아이를 들고 나왔다.
"기저귀는 괜찮아. 배고파서 그런 건가 봐."
나는 티셔츠를 위로 올리고 왼손으로 가슴을 모았다. 남은 손으로 아이의 어깨와 목을 바치고 내 가슴을 입에다 가져다 댔다. 아이가 유두를 물고 힘차게 젖을 빨았다. 젖 먹던 힘은 말로 사용할 때보다 강력했다. 내가 저 작은 아이에게 빨려 들어가는 느낌이었다. 마음이 안정을 찾지 못하고 술렁였다. 준성은 행복한 미소를 지은 채 내 옆에 앉았다.
나는 숨소리를 내고 온기를 퍼뜨리는 가족에게 둘러싸였는데도 고독을 느꼈다. 나를 알아줄 사람이 세상에 존재하지 않는 것 같았다. 내가 보기에도 나 자신이 난해했다.

작가의 말

소설을 쓰기로 했을 때 어떻게 써야 할지 감이 안 잡혔다. 첫 문장에 마침표를 찍는 데 긴 시간이 걸렸다. 나는 고민하다 소설을 쓰는 동안 항상 솔직하겠다고 마음먹었다. 나를 포장하지 않고 남에게 의존하지 않기로 했다. 그리고 나서야 소설을 쓸 수 있었다. 내가 사연을 밝히는 이유는 작가의 말을 쓰는 지금도 작품이 끝나지 않았다는 느낌을 받아서다.

나는 사랑이 삶을 구원하는 열쇠라고 생각하지 않는다. 다만, 사랑이 자신을 둘러싼 어둠을 물리치는 등불은 된다고 생각한다. 어둠이 물러간 자리에 무엇이 있을지 알 수 없는 게 문제지만. 이런 생각으로 글을 써서 뜨겁지도 않고 차갑지도 않은 작품이 나왔다. 어중간하긴 해도 솔직하게 쓴 만큼 누군가의 마음에는 닿으리라 기대한다. 사랑에 인색한 주제에 사랑을 찾았던 나에게 마음을 주신 분들이 많다. 모두에게 감사를 전한다. 특히 못난 남편을 보고 웃어주는 아내에게 당신 덕분에 이 소설을 완성했다고 전하고 싶다.

2024년 봄
심수현

미시감: 낯선 사랑

초판 발행 | 2024년 6월 28일

지은이 | 심수현
펴낸이 | 강제훈
그　림 | 정새롬
표지디자인 | 정오누리

펴낸곳 | 창피
출판등록 | 2023년 8월 16일(제 385-2023-000046호)
이메일 | ochangpi@gmail.com

ISBN | 979-11-987760-0-6(03810)

* 책 값은 뒤표지에 있습니다.

* 잘못된 책은 구입처에서 바꿔드립니다.

* 이 책의 판권은 지은이와 창피에 있습니다. 이 책 내용의 전부 또는 일부를 재사용하려면 반드시 양측의 서면 동의를 받아야 합니다.